酒の穴

エクストラプレーン

目次

本書はブログ「酒の穴の話」(https://sakenoana.blogspot.com/)の記事を厳選し、加筆修正と書き下ろしを加えたものです。

咄嗟力

ぬるうっす〜い

パリ 突然ですがこないだ、「これ、どういう感情で受け止めたらいいんだろう？」っていう出来事がありまして。めちゃくちゃくだらないんですけども。

ナオ ほほう、気になります。

パリ 何日か前、夏みたいに暑い日があったんです。

ナオ 最近までけっこう暑かったですよね。

パリ それで久しぶりに、キンキンに冷えた缶コーヒーが無性に飲みたくなって、自販機で買ったんですよ。１１０円だったから、５１０円入れて。

ナオ おつりは４００円。

パリ ところが、買ったあとに取り出し口のところを見たら10円玉が見えて、変だなと思って数えてみたら、４７０円あったんです。

ナオ 70円も多い！　前の人が忘れていったケースですかね。

パリ うん。でも、これを交番に届けるってのもほら、ぶっちゃけあれじゃないですか。財布なら届けるけど。

ナオ そうですね。その額ならもうなんというか、「まわりもの」って感じもある。

パリ　はは。ね！　だから、ありがたやと。コーヒーを40円で買えたと。今日はそのぶんなにか良い行いをしようってことで自分のなかで処理したんです。で、ようやくコーヒーを取り出すわけですが、それが、手で持てないくらいアッツアッツで！　間違えて「あったか～い」を買ってるんですよ。

ナオ　ははは。キンキンを想定してたら。

パリ　今の気分と真逆のやつ。しかたないから冷たいコーヒー、また110円で買って。

ナオ　えー！　そうか、まあ、そうなるか。

パリ　「得したの？　損したの？　なんなの？」っていう。

ナオ　アッツアッツだった缶コーヒーはどうなりましたか？

パリ　今、家の冷蔵庫で冷やしてます。でも缶コーヒーって「無性に今！」ってタイミングで飲むものじゃないです？　だから、なんだかいつまでもあそこにありそうで。

ナオ　確かにね。買っておいて寝かせる感じではない。アッツアッツにされて冷蔵庫で冷やされて、なかなか飲まれないっていう。

パリ　当のコーヒーも「どういう感情で受け止めたらいいんだろう？」ですよね。

ナオ　出会わなかったほうがよかったふたりみたいな。

パリ　そうそう！

いて目が合ったの。思わず乾杯しそうになりましたよ。もし乾杯したとしても、クージー同士だから「むん」みたいな音でしょうけどね。

パリ わはは。その乾杯音こそがコロナを象徴する音ですよ。

ナオ 同じ酒を飲んでる同士っていうのもあったし、なんかお互い、酒が好きな人として「今大変っすね……」っていうのもあったし。

パリ 新しい感情ですよね。

ナオ タバコ好きな人同士にも近い感情がありそう。

パリ 確かに。

ナオ かつてタバコを吸っていたころ、ライターが見当たらないと見知らぬ人に気軽に、「火、貸してもらえます?」って言ってて。あれに対して自分も他人もみんな寛容だった。「はいよ!」っていう。

パリ 分が悪いものを愛するもの同士、独特の。

ナオ うしろめたさも共有していたりね。それってあれですよね。たとえば、同じ酒場に集まっている人でも、同じ店が好きっていう時点で共感する部分がある。

パリ うんうん。

ナオ カウンターの端と端で離れてても、なんか「わかるよ」っていう。あの感じも少し特に人気で、サウナではけっこうな確率で肌と肌が触れあいますよ。そもそももう、みんな汗かいて同じ場所にいるっていう。

パリ そうそう！

ナオ あれはもう、どこかで気持ちを切り替えるしかないですよね。

パリ で、みんなマナーがいいんですよね。サウナーというような人たちは。それでもニコニコしてる。

ナオ うんうん。

パリ だから最近思ったんですが僕、サウナ向いてねぇやって。ととのってみようとがんばった時期もあったんですが、すごい時間かかるのもどうももどかしくて。もう、早く飲みたくなっちゃう。

ナオ あー、私もカラスの行水派で、お風呂は好きなんですが、すぐあがりたくなってしまいます。

パリ ね。もちろんサウナ好きの方を否定しないし、自分もたまにはじっくり入りたいとも思うんですが。本当にすぐあがりたくなっちゃって。あれ、なんですかね。銭湯来てる他の誰よりも早い。

ナオ はは。

パリ「なにしにきたの?」っていう。「お湯、嫌いなの?」

ナオ「嫌いなのに来たの?」

パリ「今日もまた?」

ナオ 嫌いさを確かめに来たみたいなね。「あーやっぱ嫌いだわ」って。

パリ「だめだ～!」とか言って。

ナオ「○月○日　この銭湯に来るのは今日で1000回目である。やはり嫌いであった」と日記に。

パリ 1000回も確認必要?

ナオ 謎の行為です。だから、一瞬入るのが好きということですね。我々は。

パリ 入った瞬間、最高ですよね。

ナオ そうそう。美味しいもののひと口めみたいな。

パリ「あ～……とか言って10秒くらいは最高。で、30秒くらいでもうつらい。

ナオ すぐ満腹に。ちなみにさっきの灘温泉の源泉は、30度とかだったかな。

パリ 低い!

ナオ そうそう。ぬるいんです。だからずっと入っていられるんです。

パリ わかる。ぬるま湯ならいくらでも入ってられる。

ナオ　って言ってもまあ、すぐ出るけど！

パリ　ははは。やっぱり嫌いとしか。っていうか銭湯って、最高に気持ちいいのは風呂あがりでしょ。

ナオ　そうですね。だから早く外に出て飲みたいっていうのが勝ってしまう。

パリ　はは、だめだこりゃ。多方面の本気のファンからお叱りを受けそうな。

ナオ　すみません！　銭湯が好きなのは間違いないはずなんですが。

パリ　それで「水しぶき飛ばすなよ〜」じゃねえだろと。

ナオ　ははは。

パリ　いや、銭湯もサウナも最高です！　ただ、すぐ飲みたくなっちゃって！

ナオ　灘温泉も最高ですが、いつか淡路島の「扇湯」にもお連れしたいです。そこは有志の方が苦労して銭湯を修繕して、なんと銭湯のすぐ横に立ち飲みスペースができたんです！

パリ　くぅ〜！

ナオ　土日だけ開いてるんですが、究極ですよねー。もうそれこそ、飲んでるだけでけっきょくお風呂には入らないっていう可能性もある。

パリ　はは。銭湯の空気を吸いながら飲めるだけで。

ナオ 横にあると思いながら飲むだけでね。

パリ つーかずいぶん前に、そんなことやってましたよね？　ナオさん。ふたりで酒を片手に街を散歩してて、「ここの銭湯からもれてくるにおいで飲めますよ！」って。

ナオ 銭湯の近くっていいにおいがするんですよね。石鹸みたいな。それを吸いながら飲む。

パリ あとコインランドリー。

ナオ そうそう。あのにおい。

パリ 飲めるな〜。あ、探したら写真あった。

ナオ はは。

パリ ２０１６年の年明けみたいです。

ナオ この室外機のあたりにダクトがあってね。

パリ むしろ感動するな、この進歩のなさ。

ナオ たしかに。マスクしてないだけみたいな。

パリ 今はここに、マスクとクージーが加わっただけ。

ナオ 口と酒を隠しただけ。

大衆酒場でギャップ萌え

同じ酒好きでも……

パリ 仕事をしていると、いろんな人と会うじゃないですか。

ナオ 会いますね。取材相手や編集の方とか。

パリ ずいぶん前に、とあるラジオにゲスト出演させてもらうことになって、スタジオへ行ったんです。そしたら、ありがたいことに僕に興味を持ってブッキングしてくれた方とは違う、P？ D？ あまりよくわかってないんですが、そういう方が挨拶に来てくれたんですね。僕に対する予備知識は、「なんか酒が好きらしい」くらいで。

ナオ うんうん。まぁそうだよな。むこうにしたら毎日いろいろなゲストが来るだろうし。

パリ ね。もちろん、基本いい人で、「オレも飲むの好きなんすよ〜。ふだんどのへんで飲むんですか？」みたいに話しかけてくれて。嬉しくなって、こっちも「え〜とですね」なんて。

ナオ 話すことで緊張もほぐれそう。

パリ だけど、いきなり地元のやばいスナックの話とかしてもあれなんで、「たとえば○○という街なら、あそことかこことか」って、手始めにちょっと有名な店の話から始めて。

ナオ 無難なところから相手の好みを探っていくというか。

パリ そうやって話していてだんだん気づきだすんですけど、「その街だと○○って店が有名ですけど、あそこ、まずくないっすか？　高いし！」というようなことを言われて、「うっ……」と。

ナオ あー！　そういう判断基準の人なんだ。

パリ そうそう。「あれ？　同じ酒好きでも、酒場に対する感覚は違う人かも」と。「○○って店も好きです」って言ったら、「へ〜、初耳です！」ってスマホで調べて「やばい！　食べログ3.9点じゃないですか！」みたいな。

ナオ なるほど、評価目線というか。もちろんそういう人もいますよね。

パリ っていうか、そっちが多数派なんでしょうけどね。そういうときの対応って難しいですよね。しかも、そのまずいって言われた店、けっこう好きだったりして。

ナオ ははは。それは悲しいですね。

パリ なのに「あ〜……確かに、値段に対して量は少なめですかね……」とか、話合わせちゃって。

ナオ うんうん。のっかってしまってね。「まぁ、この場が早く終わればいいや」っていう。

パリ そうそう！　そして罪悪感がちょっとだけ残る。

ナオ　裏切ってしまったような。
パリ　だからと言って「は？　それは違いません？」とはなかなか言えない。初対面だし。
ナオ　しかもこれから収録だっていうのにね。気まずい空気になっても困る。
パリ　ブースの外からずっとにらみ続けられてもしゃべりづらいですからね。
ナオ　話してる途中なのにＢＧＭを大きくしてきたり、変なタイミングで交通情報を挟んできたり。
パリ　事前に伝えてあったリクエストと違う曲をかけられたり。
ナオ　ははは。
パリ　嘉門達夫の替え歌メドレーが流れだして、「あれ？　butajiさんの新曲をお願いしてたはずなんですけど……」っていう。
ナオ　その落差は大きい！　そして「この曲を選んだ理由をどうぞ」と、外から紙で指示。
パリ　「え、えっと……もとの歌詞と似ているのにまったく違う意味になるのがおもしろくて……」
ナオ　替え歌ってそういうものだもん。
パリ　顔真っ赤。
ナオ　汗タラーッ。

外食ＳＭ

パリ でも本当、酒好きっつったっていろいろいるなと。それこそ、日本酒好きとワイン好きだってぜんぜん違うし。

ナオ そうですね。なんかテレビ見てると、すごく凝った料理を出すレストランとかよく出てくる。そういうのが楽しみな人は、ごく普通のつまみしかない小さな酒場なんかは退屈なのかもしれないですね。

パリ ラズ先生※とか、酒の道を極めた人が言うじゃないですか。「酒場のつまみは美味しすぎないほうがいい」って。でも、そういう人から言わせたら「は？ なんで？」ですよね。

ナオ だから、「お酒が好き」っていうのは、意味としては「食事が好き」ぐらい広いってことだよなー。

パリ ね。その人にとって酒場が、日常か非日常かっていう部分も大きいのかもな。その日の疲れを癒しにぼーっとしに行くのと、期待して外食するのの違いというか。

ナオ そうですね。美味しいものをドーンと豪勢に味わいたい人もいる。あと、これはひとくくりにしたら失礼かもしれないですが、私もパリッコさんもケチなのかもしれ

※『酒のほそ道』で知られる漫画家・ラズウェル細木氏のこと。

ないと思うことがあります。どんな店であれ無理矢理にでも楽しみたいという。じゃないと損！　みたいな。

パリ　ははは！　それもありますね。

ナオ　転んでもタダでは起きない。なぜなら損だから。

パリ　「よーし、この店はハズレか！　さて楽しもう！」

ナオ　はは。背筋ゾクゾク！　みたいなね。「来たぞ来たぞー！」って。

パリ　変態ですよ。ＳＭの世界。

ナオ　「うわ！　店主こっわ！　しかも俺にだけ明らかに冷たい！　最高！」

パリ　注文がぜんぜん来なくてゾクゾク〜。けっきょく最後まで届かなかった料理のぶんまで支払って、上気した顔で「ふぅ〜」って。

ナオ　「ごちそうさまでーす！」

パリ　はは。食べてないのにね。

まずい水

ナオ　先日、大阪の鶴橋でラズウェルさんと食事をする機会がありまして。

パリ　あ、ラズ先生がシカク※で個展されてましたもんね。

ナオ　そうそう。で、飲みはじめた店にあとから、遅れてもうひとり来るっていう状況だったんですね。我々は先に入って待っていて。なのでメインの料理はその人が来てから注文すればいいかと思って、まずは軽いものを注文して飲んでいたんです。

パリ　あるある。

ナオ　しばらく経って全員揃って、「じゃあ」って感じでメイン料理を注文したら、お店の人ももう厨房を片づけだしていたところだったみたいで。「え⁉　もっと早く言ってよ！」みたいなことを、3人いる店員さんが、入れ替わり立ち替わり言ってくるっていう。

パリ　ははは。みんな怒ってくる。

ナオ　ひとりが言ってもうひとりがフォローとかじゃなくて、全員に叱られる。まあ完全にこっちの間が悪くて申し訳なかったんですが、「わー怒られたー」と。で、パッと見たらラズ先生が、なんか楽しそうなんです。叱られてるのに！

パリ　ははは。マニアだ！

ナオ　そうそう！

パリ　ラズ先生のなんでも楽しむ力は、我々なんか足元にもおよばないですもんね。

※大阪・此花区にあるミニコミ専門書店。この本の版元でもある。2022年1月から店内のギャラリーでラズウェル細木氏の個展「俳酒 大阪編」を開催していた。

ナオ　本当です。お店の人もけっきょくは「もうー」って言いつつ作ってくれるっていう。で、うまいの。

パリ　「もうー」からの絶品料理。ギャップ萌えですね。

ナオ　ギャップ萌え。そして会計も思ったより安い。萌えー！

パリ　はは。思えば大衆酒場って、ギャップ萌えの世界ですよね。「こんな小汚い店の料理がうまいわけ……うま！」「なんだかこわそうな大将だな……やさし〜！」って。

ナオ　もちろん、ギャップなしの、「すごくきれいな店だから料理もていねいで……うま！」でもいいんですけどね。自分のなかにどっちの対応パターンも持っておくと得ですよね。

パリ　それで言うと、「すごくきれいな店でていねいに料理してて……まず！」が究極かもしれない。想像しただけでゾクゾクします。

ナオ　はは。そっちもいい。しかし、「まず！」って感覚がそもそもわかってないんだよな。

パリ　まずいもの食べる機会なんて、年に1、2回あるかないかですよね。

ナオ　本当にそう。あ、でもこの前、ラーメン屋でめっちゃまずい「水」が出てきたことあった。私が飲めないんだからよっぽどだと思うんですが、でもラーメンはすごく美味しくて、「どういうこと!?」っていう。

パリ　ははは。水が！　ギャップ萌えだ。「え？　このまずい水を沸かしてこのうまいスープを？」

ナオ　奇跡の技。

パリ　「フグの肝のぬか漬け」みたいなね。もとは毒なんだけど、あーだこーだすったもんだしてうまい珍味にしちゃうっていう。ただ、その毒をいったん客にストレートで飲ませるなって話ですが。

ナオ　はは。もしくは、「スープをうまく感じさせるためにあえてまずい水を……」っていう作戦だったのかも。あれ、なんだったんだろうなー。ラーメン食べ終わって「あーうまかった」って、リズムでまた水飲みそうになって、「あっ、まずい水だったの忘れてた！」って。

パリ　はは！

ナオ　口にちょっと含んだのをグラスにピュッと戻して「ごちそうさまでーす！」。

パリ　「あやうく美味しくない記憶が上書きされるところだった」って。変なラーメン屋！

ほっとひと息

お茶の穴

酒の穴のふたりが読者からの質問に答えるティータイムです。

Nさんからのお便り

こんにちは。いつもたのしく酒の穴の話やお二人の記事を読みながらお酒をたのしんでいます。

私はおふたりより10歳ほど下ですが、やはりお酒が好きで普段より一人、あるいは同じくお酒が好きな友人とのむのが好きです。そんな友人たちと数年前台湾旅行をした時に、やはりたべてはお酒をのみ、のんではたべ、という旅行をしました。そのときに有名なお茶屋さん（喫茶店のような場所）に立ち寄りました。いわゆる日本の喫茶店とは異なり、自分たちの誰かが急須にお湯を入れて、みんなの湯飲みにつぎのむ、ということをかわりばんこにするようなシステムでした。湯飲みが小さいので一口かそこらでのんでは淹れ、ということを繰り返しながら、いわゆる「お茶する」といった雰囲気でした。

旅行のときに限らず、普段その友人たちとお酒はのんでも、しらふでお茶をのむ、ということをしたことがなかったので、なんだかお互い恥ずかしいような、それでも普段にないような、お互いに気を遣いながらお茶をのむという不思議な体験でした。ただ単純に、普段知っている友人たちが、お茶を淹れてくれるという所作そのものがなんだかおかしかったり、意外と知っているようで知らない友人たちを見ることができたような気がしました。もちろん旅行中であるということや、異国であるということがあったとも思いますが、そのときのことが印象に残っています。

なんだお酒は関係ないじゃないか、という気がしてなりませんが、普段酒をのむ友人たちとの普段しないこと＝お酒以外をのむ、というのは酒の穴のふたりだからこそ見てみたいなあというような気がします。寒い日も少なくなり、外でお酒をのむのにいい季節になり、またさらにいい季節になります。これからも酒の穴の話をたのしみにしております。

※字数などの関係で、お便りの内容を一部編集しております。

ナオ　「お茶の穴」にふさわしいおたよりです。

パリ　ほんとだ！　というか、個人的にすごくタイムリーな話題で、最近、お茶と酒ってそれほど違うのかな？　って思うようになったんですよね。

ナオ　うんうん。わかる気がする。

パリ　1年くらい前から健康のためにごぼう茶を飲むようになって、そしたらだんだん他のお茶にも興味が湧いてきて。火にかけられるガラスのポットを買って、それであれこれ、お茶を淹れて飲んだりしてるんです。昼間は。

ナオ　いいですね！

パリ　色もすごくきれいだし、香りもいいし、酒と同様、なにかが宿ってる感じがあるなって。

ナオ　身の周りを探すとけっこういろいろなお茶がありますよね。

パリ　そうそう。中華街とか行くと楽しいんだよな。お湯に入れると花がふわっと開くようなお茶とかあったり。

ナオ　ある！　中国茶の世界ってすごいですよね。

パリ　ああいうのを人と飲むとしたら、酒のように酔っぱらいはしないにしろ、なにか別の作用や楽しさが絶対ありますよね。

ナオ　池袋の中華料理屋さんで「中国茶館」っていうお店があって、それこそあの中国茶の、茶器がいっぱいあって移し替えながらゆっくり飲むみたいなのを一時期よくしてた記憶があります。

パリ　楽しそう。飲茶ってまさにそういう行為ですよね。自分はまだ、美味しそうな点心を目の前にして酒を飲まないなんて考えられないけど。

ナオ　ははは。まあね。でもよく「料理がお酒を美味しくしてくれる」みたいな言いかたをするけど、それがお茶に置き換わるっていうか。

パリ　うんうん。そういう楽しみも知りたい気持ちはもちろんある。

ナオ　中国茶には本当に興味あります。あとコーヒー。

パリ　コーヒーもね、好きだけどよくわからない世界。

ナオ　そう、よくわからないんですよ！　インスタントも、ちゃんとした喫茶店も、どっちも美味しい気がして。

パリ　去年、陶器製のドリッパーを買って、カルディで説明読んでうまそうと思った豆を挽いてもらって買って、満を持して家で淹れてみたら、いつも飲んでるインスタントよりまずかった。

ナオ　はは。家で淹れるの難しいですよね。ちょっと蒸らしてゆっくりお湯を注いでいくのがコツというけど、ついせっかちになってしまって。

パリ つまり淹れかたがぜんぜんなってないんでしょう。

ナオ というかまず、お酒の味をわかってないもんな。

パリ はは。お茶とかコーヒーのほうがまだわかりやすいっていう。

ナオ 日本酒の味が本当にわからないから、「1杯700円かー！　値段のぶんだけ美味しがろう！」って感じです。

パリ はは。まぁ気分のほうが重要ですよ。そう考えると、酒以外にも楽しいことはたくさんありますね～！　つって、次会ったらすぐ居酒屋入る。

ナオ わがまま承知で言いますが、居酒屋で中国茶やめちゃ凝ったコーヒーを出してもらえたらな。

パリ なるほど！　……いや、それはだめだ僕の場合。「これ、焼酎プラスできますか？」ってなる。

ナオ だよなー。

パリ だからもう、カレンダーに「お茶を飲む」って書きこんでおかないと忘れる。

ナオ そこまでしないとね。3日前、2日前って、お茶を飲む日が近づいてくるドキドキ。「なんか嫌だなー」って憂鬱になってきちゃってね。

パリ ははは！

ナオ じゃあ、あれはどうですか？　一軒居酒屋に行って、「もう一軒いきますかー！」の間にお茶。

パリ あ〜！

ナオ それならできるでしょう。喫茶店でもいいし。

パリ そういえば前に、子供のころから漫画を読んでいて尊敬していた、くぼやすひと先生という方と初めてお酒を飲ませてもらったんです。

ナオ いいですね！

パリ だいぶ年上で、漫画はものすごい下ネタとかも満載のギャグ漫画なんだけど、実際に会うとイメージとかけ離れていて、シュッとスマートで、英国紳士のようなかっこよさなんですよ。その時、くぼ先生が「最後にもう一軒寄っていこうか」って連れてってくれたのが、古い喫茶店！

ナオ へー！

パリ そこでコーヒー飲んで帰ったんですけど、感激しちゃって。こういうかっこいい飲みかたがあるのかと。

ナオ それだ！　シメでもいいんですもんね。

パリ　そうそう。シメのラーメンならぬ。しかも、マスターが、そのお客さんのイメージに合ったカップを選んでくれるという、も～うっとりの店でした。

ナオ　へー！　パリッコさんにはどんなカップが出てきたんですか？

パリ　忘れちゃったな～。

ナオ　はは。酒飲んだあとだからね。

パリ　いやでも、その時の感動は覚えてます。シメのお茶やコーヒー、次回ぜひ。

ナオ　やりましょう！

パリ　「最後に駅前で缶チューハイ1杯だけ飲んで帰りますか」より健康的ですよね。

ナオ　ですね！　でもシメの喫茶店のあと、けっきょく駅前で缶チューハイ飲むでしょ！

パリ　わはは！　未来が見える。

ナオ　それだけは断言できる。

ぬくもり

ビールとトマトジュースをがっちゃんこ

パリ ビジネス用語っていろいろあるじゃないですか。ふと、あれを酒の話に応用できないかな？　とか思って。

ナオ あ、なんかちょうどこの前、そんなツイートを見かけたんですよ！　新入社員の方が多い季節だからかな。「がっちゃんこする」とか。

パリ なにそれ！

ナオ 言いませんでした？

パリ 聞いたことないっす。

ナオ 「Aの資料とBの資料のいいところをがっちゃんこして」みたいな。

パリ はは。そんな用語あるの？

ナオ あったんです。「うまく間をとって融合させる」みたいな？

パリ なんかほら、日本語で言えばいいところをわざわざかっこいいビジネス英語で言うほうを想像してました。「なる早で」を「ASAPで」とか。でもそっちのほうに興味が出てきた。

ナオ はは。あ、見かけたツイートの内容、これでした。

新社会人に贈る、一部の職場でしか使われていないけど一応覚えないといけない謎の用語集

・行って来い
・握る
・えいや
・ポンチ絵
・がっちゃんこ
・正直ベース
・全員野球
・ペライチ
・一丁目一番地
・交通整理
・えんぴつ舐め舐め
・決めの問題
・仁義切る
・ダメ確
・ダマでやる
・ガラガラポン

パリ わはは。おもしろいなこれ。

ナオ 全部はわからないけど。「あったなー!」というのがいくつかあって。こういうのってもともとは、はっきり言いすぎるとちょっと角が立つようなことをごまかしていうための言葉だったんですかねー。

パリ うんうん。酒の世界でたとえるならば、がっちゃんこは「レッドアイ」とかですかね。

ナオ　「ビールとトマトジュースをがっちゃんこ」。

パリ　ははは。いいがっちゃんこですね。または「おれ、がっつりフライの盛り合わせいきたい気分なんですよね」っていう人がいて、「えーちょっと重くない？　おれはハムでいいわ」っていう人もいて、「じゃあ、がっちゃんこしてハムカツで」みたいな？

ナオ　それ、どっちも嬉しくないのでは。

パリ　はは。

ナオ　あとさ、ちょうど昨日、そばと酒の店に入って、軽いつまみを頼んでビールと日本酒1杯ずつ飲んだら、もうそばが食えなくなっちゃんたんですよ。あれは我ながら、仁義切ってなかったな。

パリ　そこは仁義切らないといけないっすね。我々もう、胃袋がペライチだから。

ナオ　ははは！

パリ　私もその場にいれば全員野球でいけたんですけどね。

ナオ　全員野球ってそんな「一杯のかけそば」みたいな言葉なんでしたっけ？

パリ　ははは。

ナオ　つーか知らない言葉けっこうあるな。全員野球は、一致団結みたいな感じなんですかね。

ナオ　なのかなー！　誰かに任せず、みんな強気で当たって行くぞ！　みたいな？

パリ　えんぴつ舐め舐めって、気持ち悪いすね。これはなんだろう。「書くことの中身が決まっておらず、考え考えしながら文章を書いていくことの表現」だって。

ナオ　ああー、そういうことか。あんまり聞いたことないけどなー。

パリ　居酒屋でいう「お通し舐め舐め」ってことですね。壁のメニューを睨みながら。気色悪いやつだな。

ナオ　はは。その後、日本酒も舐めるように飲むし、みそも舐めるし。

パリ　ははは。それはもう純粋に舐めてるだけじゃないですか。

ナオ　でも酒場用語ってのも、たとえばほら「ナカ」と「ソト」とか。ああいうのも最初はよくわからなかったです。

パリ　はいはい。

ナオ　酒好き上司が、「この書類のソトもらえる？」とか。

パリ　意味不明。「この企画、もうちょっとナカ濃いめにできない？」

ナオ　はは。それはいい！　意味わかりますもんね。

どんなものでも煮込めば煮込み

ナオ そういえばこの前、瓶ビールの大瓶を「ロクサンサン」って呼ぶという話を聞いて。

パリ 初めて聞いた！

ナオ ６３３㎖入りだからそう注文したりすると。

パリ かっこいいですね。そういうのなんか、もっとあった気がするな～。

ナオ ほら、京都の居酒屋メニューで油揚げに大根おろしをのせたのを上げ下ろしだから「エレベーター」っていうのとか。あれがありなら「ピンク棒ちょうだい」で魚肉ソーセージとかもいけますよね。

パリ はは。ほんのりと下ネタっぽい。

ナオ 確かに。ちょっと嫌か。

パリ じゃあちょっと、僕もひとつ考えてみるので、当ててみてもらえませんか!?　え～と……あれ、急に思いつかないな。……だめだ。緊張しちゃって。

ナオ はは。謎の緊張！

パリ 形から入ればいいのかな。「いびつな球体」。

ナオ つまり、私が居酒屋の大将だとしてそう注文されたと。「あいよ！　いびつな球体いっちょうね！」ってことですよね。わかった、ゆで玉子だ。

パリ　あ、すごい！　一発だ。じゃあね、「三つ子ちゃん」は？

ナオ　「三つ子ちゃんね！　あいよ！　うずら串」

パリ　はは。「ちょっと大将～、枝豆頼んだはずだけど？」

ナオ　ははは。玉子ばっかり食って変だなと思ったんだよな。

パリ　よけいなトラブルのもとだな。

ナオ　けどおもしろい。じゃあ、「大将！　雪ちょうだい！　雪！」。

パリ　「あいよ！　しらすおろし」

ナオ　「そうそう！　これこれ！」

パリ　よし！

ナオ　「大将！　消しゴムちょうだい！」

パリ　「あ、あいよ！　え～と……ゆでいか」

ナオ　はは。「大将ー！　冷奴が食いたかったんだけど！」

パリ　ちっ。「わかったわかった。あいよっ！　消しゴム」

ナオ　本物のね。

パリ　「それ食って帰ってくれ！」

ナオ　「醤油の味が長持ちするなー」って。
パリ　ダメだこの客。
ナオ　でもほんと、そういう謎のメニューってありますよね。
パリ　その店にしかないやつとかね。
ナオ　「但馬屋」※にもほら、「イヤリング」っていうメニューがあって、正体は、耳つながりでミミガー。
パリ　うんうん。あと関西ではゆで玉子のことを「にぬき」って言いますよね。
ナオ　ね。全然わからない言葉。
パリ　由来は「煮抜くから」っていう。調理法のほうを料理名にするカルチャーもあるよなー。それこそ「煮込み」とか。
ナオ　あー、煮込みもそうか！
パリ　本来、どんなものが煮込まれて出てきても文句言えないですよ。
ナオ　そうですよね。ポトフでもいいし。
パリ　はは。でもさ、ポトフが出てきたら「あの店の煮込み、おもしろいんだよ」って、きっと酒好きの間で話題になったりしますよね。
ナオ　「あいよ！　煮込みお待ち！（と言いながら、一枚板のカウンターにポトフの入っ

※大阪・天満にある大衆酒場。「キムチ天」が名物メニュー。

たスープボウルを置く)」と。渋い居酒屋であればあるほど面白いですよ。

パリ 最高。「あいよ！　あつあげ！」

ナオ 「ん？　これは……」

パリ 「あっつあつの揚げ餃子だよ！」

ナオ ははは。大将わざとやってんな！

パリ 「ばれたか」

ナオ ふざけたメニューばかりの店。「うちは握りもできるよ！　あいよ！　豆腐を握ったものだよ！」

パリ はは！　きったねぇ。「茶碗蒸しね！　はい、茶碗を蒸したものだよ！」

ナオ 純粋なホット茶碗。「温かさを感じてね！」

パリ 「温まり終えたらカウンターの上にあげといてね！」って。腹立つな〜！

バカ美味しんぼ

パリ 腹が立つと言えばさ、やたらとうんちくを押しつけてくるタイプの店主っていうのも、できれば遠慮したいじゃないですか。

ナオ　うんうん。そういうのが好きな人もいるんでしょうが、我々には縁がないというかね。

パリ　ね。ただ、そのうんちくが完全に的外れだったりする店なら、ちょっとおもしろいかもなとか。

ナオ　たとえばどんなだろう……酒のことをかわいがりすぎて、すべてのボトルにリボンをかけてあげてるとか。

パリ　わはは！　ずらりと並んだキンミヤ焼酎の瓶の首のとこにね。自分が酒だとしたら、倉庫で「ありがとう」と100万回聞かせられるより嬉しいですよ。

ナオ　確かに。

パリ　リボンを一晩かけたものとかけてないもの、味に違いが出るかも検証したいですね。

ナオ　「気づきましたか？　昨晩からずっとリボンをかけてあったんです」

パリ　常連客がニヤリとしながら、「やっぱりか」とか言って。これまた嫌な店だな〜。

ナオ　「で、なに作りましょう？」

パリ　何も作ってほしくないよ！　バカ美味しんぼだ。

ナオ　美味しい理由が抽象的な美味しんぼね。どこどこ産だからとかじゃない。

パリ　最高。「気づきましたか？　そのステーキ、懐で常温に戻しておいたんです」

ナオ　はは。

パリ　「肉？　西友のアメリカ産ステーキ肉ですよ」

ナオ　やばいなー。

パリ　読みたいな～そんな漫画。

ナオ　「人肌で調理してありますんで！」

パリ　人肌調理、限界あるでしょ。人肌燗の意味も履き違えてて。

ナオ　本当に抱いてるっていう。

パリ　一升瓶を抱いて一晩寝て。

ナオ　「ほうれん草のおひたしを胸元で大事にしたものです」

パリ　はは！　胸元で大事にしたもの、意味不明。

ナオ　おひたし自体は西友のものでね。

パリ　仕入れは全部西友。『バカ美味しんぼ』じゃあんまりだから、タイトルをつけてやらないとですね。

ナオ　そうですね。

パリ　『あったか酒場物語』とか？　いや、それじゃ伝わらないな。

ナオ　「人のぬくもり」っていうのが、そういう表現じゃなくて、物理的な温度であるというのをうまくね。

パリ　あ！　『将太の寿司』みたいに、『健太のぬくもり』とかは？

ナオ　ははは。その部分にぬくもりが入ってくるんだ。

パリ　これならジャンルも「ぬくもり漫画」だと一目瞭然でしょう。

ナオ　諸国のグルメをぬくもりーゼして食べていくような。

パリ　はは。健太の必殺技。諸国漫遊編見たいですね！　主人公の名前は「抜森健太」でどうですか？

ナオ　ぬくもりけんた、か。いいですね。

パリ　駅前の老夫婦がやってる人気食堂に乗りこんでいって、常連客たちに向かって「あんたたちはなにもわかってない！　おれが本当のぬくもりを食べさせてやりますよ！」。

ナオ　ははは。すごい図々しさ。すでにぬくもりがある場所に乗りこむっていう。

パリ　空気読めないからね。っていうかもう、悪者ですよねそんなやつ。

ナオ　そもそも、ぬくもりを自ら売りにしてくるやつとかちょっと警戒したほうがいいですもんね。

パリ　本当です。ぬくもりってのは、こっち側で感じるもんなんだよ！

ナオ　ましてや健太のとりえは、ぬくもりしかないんだもんな。仕入れは西友だし。

パリ　健太、よく店出せたな。最初はまっとうな店だったのかもしれませんね。

ナオ　そうか。健太もまた被害者なのかも。みんな点数つけられちゃう時代でしょ、食べログなんかで。

パリ　はいはい。

ナオ　ああいうのに嫌気がさしてぬくもりの方向に。わかる気もする。

パリ　「味は及第点だが人手が足りないのか料理が冷めていた。減点」みたいなこと書かれてね。それで客足が減って、「ぬくもってればいいんだろ！」っていう。

ナオ　「電子レンジより胸元だろ！」

パリ　ははは。電子レンジのこと「偽ぬくもり機」って呼んでそう。

ナオ　健太、ゆっくり休んでほしい。

パリ　あったかいふとんで、たまには食材を抱かずに。

ナオ　久々に実家でも帰ってね。

パリ　親のぬくもりを感じながらしばらくのんびりしたら、きっと回復するよ、健太。

ぬくもりの
ぬくもり風
ぬくもり和え
ぬくもり仕立てです
ぬ

はじめの一杯

ボクシングと酒は似てる？

パリ　ナオさん、『はじめの一歩』って漫画、読んだことあります？

ナオ　あったかな？　いや、ないです。ボクシングの漫画だというのはわかるし、絵柄も思い浮かぶのですが。

パリ　そう、有名なボクシング漫画。なんか、アプリで「〇〇巻まで無料で読めます！」みたいのあるじゃないですか。違法なものじゃなく。

ナオ　ありますよね、「この先も読みたければ有料になりますよ」というような。

パリ　それで最近、何気なく読みはじめたんですよ。もう30年以上連載してるらしくて、まだ序盤も序盤なんですが、あまりにおもしろくて夢中になっちゃって。やっぱ名作はすごい。

ナオ　あれ、ひょっとして連載はまだ続いているんですか？

パリ　はい。単行本、今130巻以上になってるらしいです。

ナオ　えー！　それはすごい。どういう時間軸で進んでいくんだろう。最新刊では主人公の孫が活躍しているとか？

パリ ははは。や、詳しくは知らないけど、普通に作中の流れがめちゃくちゃ遅いっぽいですね。

ナオ じゃあずっと主人公が戦い続けてるんですかね。

パリ きっと。で、読んでて気づいたことがあるんです。それは、ボクシングと酒って似てるぞという。

ナオ ほほう。なるほどね……いや、似てますかね？

パリ まぁ聞いてください。まず、酒ってほら、ダウンあるじゃないですか？　記憶無くしたり、寝落ちしたり。

ナオ ははは。ダウンしますね。すぐにします。というか勝てた経験がないですよ。

パリ 主人公の一歩くん、もともといじめられっ子なんだけど、家の手伝いなんかで知らず知らずに鍛えられていた隠れた才能があり、パンチにものすごいパワーがあるんですよね。僕もボクシングに詳しくないので新鮮だったんですけど、たとえば一歩くんのアッパーカット、きれいに入ったらほとんど誰もが一発でダウンしちゃうような威力なんです。それで試合が決まっちゃう。そういう世界らしくて。

ナオ 一発がありえると。

パリ はい。それ読んでたら、なんか既視感あるなっていうか、「あ、これ、昔江古田の

『あぶさん』のめちゃくちゃナカの濃いホッピーセットでダウンさせられたあの感じだ！」って。

ナオ ははは。つまりなに、パリッコさんはその一歩くんにパンチをくらってダウンするという、そっち目線なんですね。

パリ そうです。つまり一歩が店。一歩は、利き腕じゃない左のジャブすらすさまじい威力なんですね。「この感じ、大衆酒場であったな～」とか。1杯目のレモンサワーからすごいっていう。

ナオ たしかに、気楽に注文した1杯目で相当に酔ってしまうようなことはありますよね。様子見のつもりが。

パリ 私なんかもう、ここ最近特に弱いので、1ラウンド早々にもう足元がふらついている。

ナオ はは。ね!? ボクシングと酒の共通点。

パリ そういうことかー。

ナオ と思うと、コンディションによっては、誰が見ても格下なボクサーが格上のボクサーを倒しちゃったりもする。あの、本当にたまにですけど、無性に体調良くて、「今日全然酔わないな～！」みたいな日、あるじゃないですか。「あ！ あれもボクシングだったのか！」と。

ナオ 酒ってボクシングだったのかー。まあ確かに「今日はなんだか調子いいぞ」っていうときはありますね。

パリ ね。コンディション良くて「今日は誰にも負ける気がしない！」って、心のなかでファイティングポーズとってる日。

ナオ かといって、油断していたらいいパンチをもらっていきなりダウンもあり得るってことでしょう？

パリ そうなんすよ。「え？　今日、まさかのここで終わり？」みたいな。ボクサーにもいろんなタイプがいて、KO狙いでなく、判定でポイント稼いで勝ちにくるやつもいて、いわば、「日高屋」の薄めのホッピーセットですよね。

ナオ ははは。じわじわと当ててくるような、しぶとく狡猾なタイプのね。

パリ そうなんすよ。そいつに負ける日もある。「こんなパンチいくらもらっても余裕だろ……え？」っていう。

ナオ 日高屋は狡猾な敵だったのか。

パリ そうかと思えば、審判の目を盗んで足を踏んでくる奴もいる。

ナオ えーと、それはつまり……酒で言うとどういうことですか？

パリ はは。すべて酒でたとえるの難しいですけど、強いて言えばなんだろう？

ナオ 「よかったらお味見いかがですか？」みたいに日本酒をちょっとおすそわけしてくれる店？

パリ わはは！

ナオ 優しい人っぽいけど、敵なの？　クリンチばっかりしてくる相手は酒でいうとなんでしょうか。

パリ あ、クリンチ野郎もいるんす。クリンチは、なんだろう、こっちのペースを乱してくるような。なんだかここ、酒が出てくるの遅い店だな〜と思って、それを見越してまだけっこう残ってるのにもう1杯頼んだら、急に来る店、みたいな？

ナオ ははは。ちょっとわからなすぎておもしろい。だってそもそも「そのペースを見越して早めに頼んだら」って、パンチもらいにいってるんだもん。勝ちたいのか負けたいのかわからない。

パリ 「早め早めにパンチもらっとこ」ですもんね。

ナオ そう考えたら居酒屋で酒を注文することがつまり「パンチくれ！」ってことなのか。

パリ この場合、客、つまり自分にとっては何がパンチなんだろう。飲むのがパンチ？

ナオ と、なりますかね。店に対するパンチ。

「但馬屋」の生ビールは麻酔

パリ ところで、一歩がある試合で右手をボロボロに壊してしまうんですよ。

ナオ あら、それは危機ですね。

パリ だから、次の大きな試合は残念だけど、ボクサー生命を守るために見送ろうと。

ナオ 左も強いけど、とはいえ、まあそうなるか。

パリ そりゃあそう。だけど、そこで戦う予定だった選手とあらかじめ出会ってしまうんですが、その相手がものすごい好漢で、かつ自分と似たタイプの、パワータイプのボクサーなんです。

ナオ へー！

パリ 「どうしても戦ってみたい！」と、無理を押し切って、完全には治ってないけど、やっぱり参加する決意を固めるわけです。それで試合直前に、なんと拳に麻酔を打って試合に望むんですよ。麻痺させる。後々のことはどうなってもいいっていう。

ナオ なんと。もうボクサー生命をそこで捨ててしまうかもしれない判断でしょう。

パリ もう痛々しくて読んでられないくらい。でもかっこいいんです。で、そこで思ったのが、たとえば僕が関西に飲みに行くとき、2泊するとして、2日目、3日目はどんどん酒が残ってぐだぐだになるじゃないですか、体調的に。

ナオ なりますね。だいたい初日で体力使いはたす。

パリ ですよね。連日昼間っからハシゴ酒だし。

ナオ 「こんなはずじゃなかった」って、いつも思う。

パリ でしょ。だけど「どうしても戦いたい相手がいる!」っつって、朝の9時に天満の「但馬屋」で生ビール飲んで、「よし、戦える!」って。毎度のことですよ。迎え酒。「あれって完全に、一歩の麻酔じゃん!」って思って。

ナオ ははは。重なって見えたんだ! 一歩の麻酔と但馬屋の生ビールが!?

パリ そう思えてしまって……。

ナオ その場面を読んでいながら酒のことを考えられるっていうのが最高です。

パリ ははは。全ボクシング関係者大激怒。

ナオ でもまあ、たとえばですよ。取材で2軒、3軒と飲食店を巡らなきゃいけないことってありますよね。

パリ はいはい。

ナオ で、どの店でもおすすめの料理とお酒を飲んで食べたいじゃないですか。あとのことを考えてひと口だけ食べて残すみたいなのができなくて。

パリ　できないできない。

ナオ　そうなると途中から「待てよ、これ……最後までいけるか?!」みたいな、まさに戦いのようになってくる。お店の方には失礼な話なんですが。

パリ　わかります！　ボクサーの減量とは逆の苦労……と言うとまた怒られそうだけど。

ナオ　3軒目のおすすめの料理が満腹で食べられないっていうのは避けないといけないし、取材できないほど酔ってはいけないじゃないですか。それってもう、戦いですよね。

パリ　「なんとか勝ちぬきたい！」っていう。

ナオ　ちゃんとしっかり飲み食いして自分なりにあとで感想を書かなきゃと思うと、けっこうプレッシャーなんですよね。

パリ　3戦目とか、もうぜんぜん万全の状態じゃないですもんね。

ナオ　ね。そうそう！

パリ　パンチもらいすぎてグロッキー状態。

ナオ　「だが、倒れるわけにはいかない！」

パリ　ははは。

ナオ　そう考えた結果、一歩の気持ちわかってきました。

パリ　嬉しいです。毎度毎度、ふざけるのもいい加減にしろっていう話してますが。

主人公が全員酔ってる漫画雑誌

パリ いやでも、本当おもしろいっすよ『はじめの一歩』。登場人物みんなちゃんと行動理念があって、悪役っぽいやつもかっこいい。そこは酒飲みとは違いますね。当たり前か。

ナオ そいつなりのスタイルとかポリシーがあって、人間同士のぶつかり合いでもあるわけですね。そういう漫画、読みだしたら止まらないですよね。

パリ 作者の森川ジョージ先生いわく、登場人物全員が主人公らしいです。大衆酒場に行くと、逆に全員が脇役って感じしますもんね。強いて言えば、たまに飲みすぎてぶったおれてしまうジイさんが主役。

ナオ そしてそんな常連のジイさんにも敬意をもって接する店主の戦いっていう。

パリ はは、ボクシングだったのかあれは。

ナオ いい店にはいいボクサーがたくさんいる印象。

パリ ひと知れずせめぎあってて。

ナオ パリッコさんを主人公にした酒漫画があったら読みたいなー。

パリ 『はじめの一杯』

ナオ ははは。『はじめの一歩』と『はじめの一杯』の落差、デカすぎる！　まさか酒を通じた主人公の成長を描く漫画ですか？

パリ そりゃあもう！

ナオ 「はじめの1杯目にチューハイってのも、たまにはありだよなぁー‼（つづく）」っていう。

パリ はは。（つづく）に腹立ったの初めてだ。でも、いろんなライバル酒飲みが出てくるのはおもしろそうですね。

ナオ ああ、そっちの路線のほうがいいですよ。それこそ、いぶし銀の常連に「まだまだ飲みかたが若いな」と諭されるようなさ。

パリ 「今日のはじめの1杯は……よし、カシスウーロン！」

ナオ ははは。どれだけ意外な1杯目で始められるかという。レゲエパンチとか。

パリ 舞台が大衆酒場だとなんでもおもしろい。「大将、テキーラとライムね！」

ナオ 大将が一枚板のカウンターにショットグラスをトンッ。

パリ ものすごく読みたくなってきた。

ナオ たとえば、悪酔いしないように1杯目をウーロン茶にするとか、そんなのはかなりバトルの戦術っぽくないですか？

パリ 確かに。

ナオ　「ん？　こいつ、やるな」と大将が思うかも。

パリ　一歩、いや、一杯は大将ということにして、頼まれればなんでも出せる店にすると
いろいろストーリーが広がりそうです。

ナオ　個性豊かな各国の珍客が大将を攻めてくるんだ。

パリ　一緒に来た同僚が、「レゲエパンチ？　こんなシケた店にあるかよ！」って言って
る横で、大将が静かにトンッ、っていう。「故郷のヤギの乳酒がどうしても飲みた
くて」っていう客もいそうだ。

ナオ　ははは。なんで乳酒飲みたい人がこの店に来るんだ。故郷に帰省しなさいよ。

パリ　そこはなんか事情を考えましょうよ。それをでも、大将はコンビニにある食材で再
現しちゃう。焼酎の牛乳割りに、なんらかを足して。

ナオ　うわー！　すごいな大将。大将が急に出ていったと思ったらコンビニ袋ぶらさげて
帰ってきて「はあ？　俺が頼んだのはヤギの乳なんだが」と客が言う。

パリ　うんうん。

ナオ　「少々お待ちください」と静かに言って、牛乳に、白菜浅漬けの汁をつーっと垂らす。

パリ　ははは！　「こ、これは……！」ってね。もしもその情報が嘘でも許してもらえる
ならいくらでも続けられる漫画。

ナオ　そうですね。そんな漫画があってもいい気がしますよ。いろいろありすぎる世の中の息抜きにさ。

パリ　『はじめの一杯』や、前回の『健太のぬくもり』。そんな漫画ばっかり載ってる漫画雑誌があったら読みたいですね。そういえばこの『酒の穴』の1巻目に、『酒場のキャプテン翼』って話も出てきましたよね。

ナオ　そうでした。あの主人公もしょうもなかった。酒漫画に出てくる奴らはしょうもないんですよ。

パリ　ほんとですね。誰にも頼まれないことをやってる。

ナオ　そもそも酔っているからダメ。

パリ　いつか10個くらいたまったら、架空の漫画雑誌に仕立てあげたいですよ。主人公が全員酔ってる漫画雑誌。

ナオ　いいですね！　『少年ドランク』ね。

パリ　わはは！　それだ。しかも少年誌っていう。

ナオ　発売日の翌日に「あれ読んだ?」と学校で話題になるような雑誌を目指したい。

パリ　「読んだ読んだ。やばいよね！　絶対あんな大人になりたくないよね！」って。

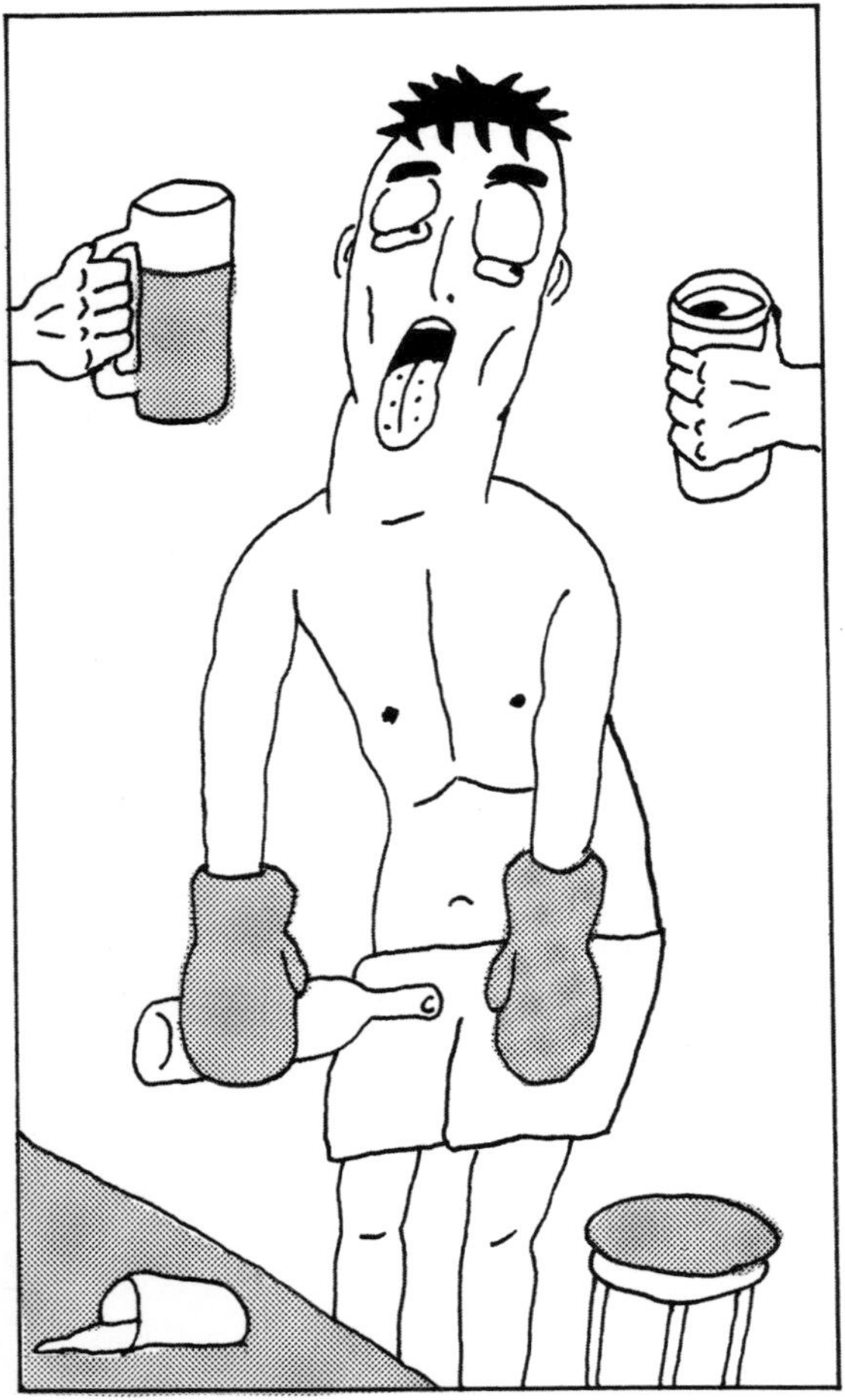

「さけを」と「みつを」

居酒屋のトイレによく飾ってある「アレ」

パリ 居酒屋のトイレに、たまに相田みつをさんの詩が飾ってあるじゃないですか。

ナオ ありますね。いい言葉がね。

パリ そういう世界を否定する気はまったくないし、見れば「うんうん、本当だよな」なんて納得してしまうんですが、酔ってくだらないことしか考えられない状態で眺めてると「これ、もっと無意味なこと言ってたらおもしろいな～」とか思うこともあって。

ナオ なるほど確かに。

パリ 「つまづいたっていいじゃないか　にんげんだもの」→「つまづいたっていいじゃないか　酔ってんだもの」みたいな。

ナオ いい言葉だったのが急に開き直りに。

パリ 「いいじゃないか」じゃないよっていう。

ナオ はは！　単に酔って気が大きくなっているやつですね。

パリ 「お前はそれでいいかもしれないけど、怪我でもされたら周りが迷惑するんだよ！」

ナオ 「ええー、でもさー、酔ってんだものー」

パリ 「でもさー、じゃなくて！」やっかいな酔っぱらいの典型。

ナオ　帰って寝ろ早く！

パリ　そもその、酔ってん〝だもの〟っていう語尾が腹立つ。

ナオ　ちょっと可愛くしてんじゃねえよ！　でも、そう言いながら自分はぜんぜんそっち側ですけどね。「酔ってんだもの」のほう。

パリ　そうなんすよ。共感できるのはそっち。

ナオ　だいたい全部の言いわけに「酔ってんだもの」がつきますよ。

パリ　「原稿の締め切り、間に合わなくたってしょうがないじゃないか　酔ってんだもの」

ナオ　ダメレベルが一段階上がった！　仕事しなきゃいけない状況なのに「酔ってんだもの」。

パリ　〝だもの〟が腹たつなー。

ナオ　どうしてもそこが気になる。というか、そもそも「にんげんだもの」における「だもの」はかなり重要ですよ。「にんげんですから」じゃこんなに流行ってない。

パリ　よけいに腹立ちそう。

ナオ　「しかたないじゃない　酔ってんですから」

パリ　なんで敬語なんだよ！

ナオ　ははは、ナメた敬語ね。

「つきあいだもの」

パリ みつをの名言、ネットで検索して少し見てみたんですが、これなんかいいですよ。「セトモノとセトモノとぶつかりっこするとすぐこわれちゃう　どっちかやわらかければだいじょうぶ　やわらかいこころを持ちましょう」

ナオ 「ぶつかりっこすると　すぐこわれちゃう」っていう素朴な感じ。

パリ 「陶器と陶器を誤って強く接触させてしまうと」を「セトモノとセトモノとぶつかりっこすると」と。「セトモノとセトモノが」でもない。

ナオ うんうん。

パリ あえての雰囲気ですよね。いや、それこそが詩というものなんでしょうけど。

ナオ 酒で言いかえれば「ビールとチューハイとグビグビッとすると　すぐ酔っちゃう」とか。

パリ 酒で言い換えるとたんにひどくなるな。そういえば、「あなたの顔を見て、インスピレーションで詩を書きます」っていう路上詩人がいるじゃないですか?

ナオ いますよね。

パリ あれで、「え?　これですか?」みたいな、まったく中身のないないことしか書かないやつがいたら笑えるなって、ずっと思ってて。

ナオ　「あなたの顔を見て、まったく意味のない言葉を書きます」。そのほうが興味ありますね。

パリ　むしろ難しい。心ここにあらずってことですもんね。

ナオ　そうですよ。

パリ　「そろそろ17時か　酒が飲みたいなぁ」

ナオ　せっかく顔見たのにそれ。

パリ　難しすぎるけど、もしできるなら芸になる。

ナオ　酔ってやったらどうだろう。すらすらと言葉が出てくるかもしれない。

パリ　それだ！　路上にシートを敷いて、まずしばらく飲む。

ナオ　したたかに飲む。

パリ　下地ができるまでは、色紙は絶対に出さない。

ナオ　時に色紙出さないまま帰ることもある。

パリ　帰りに「あ、道具のこと忘れちゃってた　酔ってんだもの」。

ナオ　それも書かないわけですもんね。泥酔してるし。もう、酒で書くしかない。

パリ　酒で地面に書く詩人「さけを」。

ナオ　路上詩人界の極北だ。

パリ　全く意味のないことしか書かない。

ナオ　書いたそばから乾いていくという。

パリ　やばいな。

ナオ　仙人ですよね。形に残さないという姿勢が、みつをよりすごいかもしれない。今度酔ったとき、自分の中に降ろしてみましょうよ。

パリ　降ろしたいですね。「さけを」を。

ナオ　本物の「さけを」にはおよばなくてもね。本物ってなんだかわからないけど。

パリ　路上でぼーっと飲んで、こぼれた酒で字を書いて。むしろさけをは、個人ではなくて、だらしない酒飲みみんなで共有する概念なのかもしれない。

ナオ　「酒なんか飲んで　今日も酔って　なにしてんだろう」という。

パリ　最終的には「酔ってんだもの」でね。

ナオ　すべてを許してくれる言葉です。

パリ　でも許されてるの、自分のなかだけですからね。

ナオ　そうか。家に帰ったらめっちゃ怒られる。

パリ　「しかたないじゃないか　酔ってんだもの……」「酒のせいにするな！　それがあん

たの悪いとこ！」

ナオ 「いつもあんたはそう。いつも同じ過ちを……」って、一切言い返せませんよ。

パリ 言い返せない。夜中に「酒やめます」ってツイートして、そのときだけ反省。

ナオ ダメなやつだな。ほぼ私です。

パリ 僕もです。

ナオ 「だって上司に誘われたんだもの」っていう、責任転嫁の「さけを」もあるかもしれない。

パリ ぜんぶ出だしが「しかたないじゃないか」なんすよね。

ナオ 言いわけですからね。

パリ 「つきあいだもの」

ナオ ははは！　情けない！　さけを！　でも情けないがゆえに人間味のある言葉だ。

パリ 絶対に残らない言葉だからこそ、残しておきたい。価値がある気がします。

ナオ うん。飾りたい。

パリ ただし、長く飾っておけばおくほど、人間がダメになるけど。

「おわり」の酒文字

ナオ でもさ、酒場のトイレなんだからそれぐらいでいいですよね。

パリ みつをは立派すぎる。

ナオ いつか、みつをよりさけをのほうが、居酒屋のトイレにたくさん飾られてるかもしれない。本家越えですよ。

パリ いいな〜。「えっ!?」って二度見して。

ナオ 少しずつ書きためていきましょう。酔ったときにメモっておいて。

パリ その行為だけ見たら、もはやアーティストですよね。

ナオ そうです。一見立派なやつ。

パリ 飲み会で「なぁ、お前はどう思う?」「ちょっと! 今さけを降りてきたから話しかけないで!」って急に。

ナオ 色紙にさらさらとね。

パリ 書き終わったあと、やたら満足げ。「あいつ、気味悪いから付き合うのやめようぜ」ってなる。

ナオ なる。けど10年後にトイレ入って用を足しながら「なにが『さけを』だ……え?

パリ　……これ、あいつの言葉じゃないか？」って。

ナオ　わはは！　それがやけに染みちゃってね

パリ　「さけをー！　会いたいよー！」となりますよ。

ナオ　でもそのころにはもう世捨て人状態になってるから、路上を探すしかない。

パリ　そうです。書いたそばから消えていく酒文字を探して。

ナオ　映画化できますな。ラストシーンで「さけをー！」と叫んでる男のバックに、実はさけをが映り込んでる。

パリ　目に浮かぶようです。

ナオ　そして地面に「おわり」の酒文字が。

パリ　「おわり」の酒文字かー。いいな。

ナオ　「おわり」の酒文字ってすごい言葉だ。

パリ　「おわり　さけを」

ナオ　なんだかわからないやばさがある。

ナオ　もはやみつをっぽさのカケラもないですからね。

さけをならなんと言う？

パリ みつをの名言にこんなのがあるみたいなんですが。「まける人のおかげで　勝てるんだよなあ」

ナオ ちょっと不敵な笑みを浮かべてそうな。

パリ 急にこわく思えてきますよね。たぶん、「そういう存在がいることを忘れてはいけない」っていうようなニュアンスなんだろうけど。

ナオ 一見すると勝者の言葉に聞こえちゃってね。敗者がさけをで。さけをのおかげでみつをがいるわけだ。

パリ 「ドラゴンボール」のピッコロと神様みたいなもんだ。

ナオ 表裏一体でね。同時に生まれた。

パリ そう考えると、みつをの言葉まで愛せる気がしてきますね。

ナオ みつをの言葉を見て、さけをならこれをなんて言い替えるかなって考えるのもすごく楽しい。

パリ 楽しすぎます。

ナオ 居酒屋のトイレでおしっこしながらの楽しみが増えた。

パリ　さけをを降ろすという新しい楽しみが。たとえばこれはみつをの言葉「背のびするじぶん　卑下するじぶん　どっちもやだけど　どっちもじぶん」。

ナオ　うんうん。なるほど。

パリ　さけをなら「背のびするじぶん　卑下するじぶん　どっちもやだ　やだやだ」。

ナオ　「ああいやだ！」っていう。素晴らしいですね。入選です！

パリ　やった！

ナオ　お酒飲んでると「やだ！　もう！　やだ！　やだ！」ってなるときがあります。

パリ　そう。「だけどそれも自分なんだよ」とかじゃなくて、受け入れようとしない。とにかく「やだ！　やだ！」。

ナオ　「明日の仕事いやだいやだ！」

パリ　ただの駄々っ子。

ナオ　みつをの言葉で、「あんなにしてやったのに　『のに』がつくと　ぐちが出る」というのがあります。さけをなら「あんなに飲んだのに　金もないのに　もう一軒」。

パリ　ダメだなー！

ナオ　みつをの言葉、「そのときどう動く」というのもありますよ。

パリ　短いから難しい。

ナオ　「今日どこで飲む」かな。

パリ　知らねぇよ！　いちいち書き残しておく言葉か！

ナオ　さらに「次いつ飲む」って、しつこいさけを。

パリ　飲むことばっか。そのうえ「今日金借りられる？」。

ナオ　はは！　ひどい。

パリ　飲みの終盤で言ってくるさけを。

ナオ　「いやー、千円しかなくてね」っていう。俺だわそれ。

パリ　「それくらいでおさまると思っちゃってて（笑）」って、毎回。

ナオ　千円じゃだいたい飲めないぞ。飲めたとしても帰れないよ。

パリ　学ばない。

ナオ　そのくせちゃっかりＩＣカードには帰れるぐらいのチャージがあってね。

パリ　さけを〜！

ナオ　「Ｓｕｉｃａあるから帰れるんだな　さけを」

「そのうち　そのうち　今日は飲もうよ」

ナオ　しかしこれ、みつをの言葉も1個ドーンと見ると、なるほどすごい言葉だなっていうのもあるけど、バンバンって連続で見ると、なんかちょっと怒られてるみたいにもなってきますね。

パリ　そうそう。あと、勝手に抱いてたイメージよりも口調がこわいときがけっこうある。「じゃねんだよなぁ」みたいな。

ナオ　ありますね。

パリ　「おまえさんな　いま一体何が一番欲しい　あれもこれもじゃだめだよ　いのちがけでほしいものを　ただ一ツに的をしぼって言ってみな」ってのと、「私の、このヘタな文字、つたない文章も、見てくれる人のおかげで書かせていただけるんです。『おかげさんで』でないものは、この世に一つもありません。みんな『おかげさんで』で成り立っているんです」ってのをつなげてみると、なんか怖いですよ。ほんとに同じ人が書いたの？　っていう。

ナオ　どっちなんだ！　叱咤激励っていう感じのと感謝系があるのかな。その点、さけをは叱咤のほうがないでしょうたぶん。

パリ 一点突破ですよね。無意味オンリー。人を怒れる資格は自分にはないとわかっている。

ナオ そうです。

パリ やっぱり共感はさけをのほうに感じてしまいますね。

ナオ ですね。みつをの言葉で「そのうち　そのうち　べんかいしながら日がくれる」これなんか、見ていると「そうだよなー」と自分のダメさに思い至りますが、さけをは「それでもいいじゃん」って言ってくれそう。

パリ 「そのうち　そのうち　今日は飲もうよ」ですよね。

ナオ そうです！　とりあえず他のことは「そのうち」でいいよと。達観だな。

パリ なんつーか、やっぱりどうしてもみつをの言葉には「わかっちゃいるんだけどさ」みたいな釈然としない気持ちが芽生えてしまうこともありますよね。それを酒を飲んでる店のトイレで見せられることが多いっていう事実に対して、なんかモヤモヤしたものがずっとあったんですが、今日、さけをで解決しました。

ナオ うんうん。みつをとさけを、両方並べておいてほしいっすね。

パリ そう！　さけをだけじゃダメで、両方。なんせ表裏一体なんだから。

ナオ 元気なときはみつをのほう向いて、落ち込んでる時はさけをのほうを。

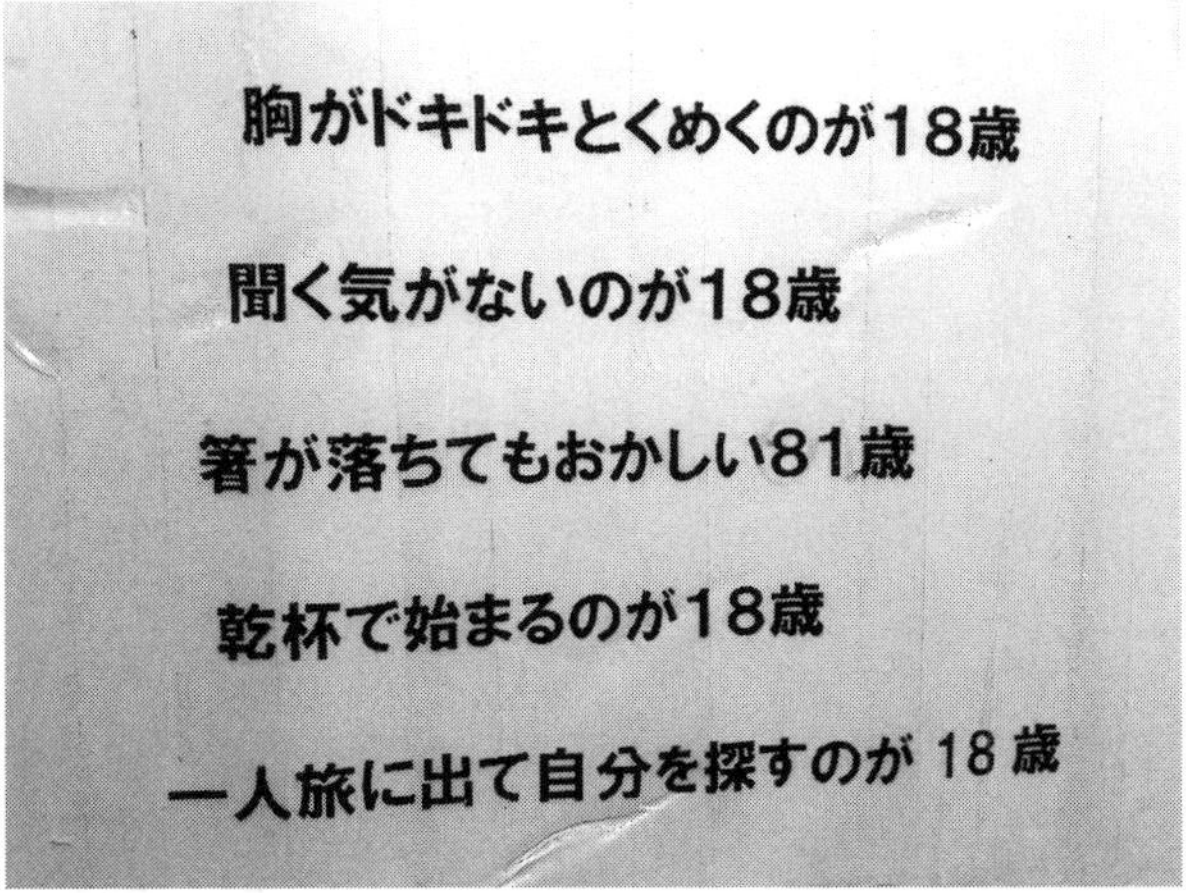
胸がドキドキとくめくのが18歳
聞く気がないのが18歳
箸が落ちてもおかしい81歳
乾杯で始まるのが18歳
一人旅に出て自分を探すのが 18 歳

ほっとひと息 お茶の穴

酒の穴のふたりが読者からの質問に答えるティータイムです。

MIAMI303・圭吾さんからのおたより

お二人に話してほしい内容をリクエストします。

「熱いヤツとぬるいヤツ、本当に音楽が好きなのはどっち?」

プロを目指す! って脇目もふらずバンド活動をして、CD、MVまで作ってツアーに明け暮れる熱いバンドマンは、たいてい見切りをつけて音楽活動をやめます。楽器を全部売ったりして。

それに比べてぬるい趣味バンドマンは月一集まっていつも同じ曲を何年もダラダラと演奏。たまにライブもするのかしないのか。

でもそれをオッサンになってもジジイになっても続けています。

両者、音楽やその活動を愛していることに変わりませんが、やめる人と続ける人はその思いの種類が違うと思います。
本当に音楽が好きなのはどちらなのでしょうか?
以上です。
よろしくお願いします。

ナオ MIAMI303の圭吾さん、私はかなり古い付き合いの方で、私のバンド「チミドロ」と一緒にイベントに出たりして、めっちゃおもしろい音楽をやっている人なんです。

パリ へー!

ナオ 圭吾さん自身は音楽のスタイルを変えつつも今も一生懸命取り組んでいるようで、それでいうと圭吾さんはどっちなんだ。私からすると熱い人のほうに見える。

パリ なんかわかる。だって、「それに比べてぬるい趣味バンドマンは月一集まっていつも同じ曲を何年もダラダラと演奏。たまにライブもするのかしないのか。でもそれをオッサンになってもジジイになっても続けています」だもん。シンプルに厳しい!

ナオ ははは。でももしかしたら圭吾さんは自分がぬるい側だと思っててこう書いてるのかな。というかもう、私のバンド活動なんかまさに超ぬるい!

パリ　はは。そうそう。僕なんかもっとひどいですから。上記のどちらでもなくて、見切りをつけたわけでもなく、なんとなくやめてる。でも、そのうちまたやりたいな～とかは、なんとなく思ってる。圭吾さんにしたら許せないだろうな。

ナオ　きっとそんなことないはずです！　というかパリッコさんは逆にたぶん「やるならちゃんとやりたい！」って感じじゃないですか？

パリ　いや、ぜんぜんそんなことないです。ずっと思っていることがあって、トラック作りってちょっとゲームとかパズル感覚なところがあって、老後の趣味にいいな～と思ってる。完成してもしなくてもいいや、くらいの感じで。

ナオ　あーいいですね！　つまり別に、大勢の前でジャーン！　と披露しなくてもよくて、盆栽を愛でるような。

パリ　ですです。できれば大きな窓から緑が見える、エアコンの効いた部屋で、飲みながら。そんなやつ、とても音楽が好きとはいえないけど、でも、嫌いとも言えないし、とかね。

ナオ　そうですね。あるときは熱く、あるときはぬるくっていう手もありそう。他のことが忙しい時期もあって、また時間ができたら取り組むとかね。

パリ　それでいうとチミドロは、コロナもあったから波はあるだろうけど、でも絶えず人々に幸せを運んでるじゃないですか。偉いと思う。

ナオ　いえいえ！　どうなんだろう。本当にもうここ5年ぐらいは曲も作ってなくて、ずっと既存の曲をやってるだけなんですよ。なんだけど、それがけっこう楽しくて。古い友達が集まっていつも同じ話してるような感じなのかも。

パリ　なるほど～！　いや、それならそれでいいですよね。あ、でもさ、前にナオさんが飲んでる時に言ってたものすごく印象に残ってる話があって、「文章を書くのは大変だし自信もないけど、歌詞ってなんの責任も持たなくていいから、めっちゃ楽なんですよ～」っていう。

ナオ　はは！　そんなてきとうなことを言ってましたか！　酔ってたのかな。

パリ　驚いた。それってもう、天賦の才ですよ。それで書く歌詞が、「リュック、バック2パターン！」「あ～便利でいいな～」とかさ、常軌を逸した才能。

ナオ　お恥ずかしい限り。「2パターーン」っていう曲の歌詞ね。いやもちろん、あくまで自分たちのバンドではって話ですよ。チミドロの場合、歌うのが自分じゃなくて3人のMCなので「恥ずかしいのは自分じゃないし！」っていう。

パリ　はは。いやでも、要するに、新曲も聴きたいです。

ナオ　常に作りたい気持ちはあるんですけどね。頭の片隅に。っていうか、そのチミドロの2ndアルバムはこの本の出版元の「シカク」の音楽レーベルから出てるんですよ。

パリ　『なのかな？』ね。名盤。
ナオ　でも我々の知名度や完成度のせいか、在庫がめっちゃ残ってる！
パリ　はは。
ナオ　で、シカクで毎年、商品の在庫数をチェックする「棚卸し作業」ってのをみんなでやるんですけど、つまり、あまった自分のCDを数えるっていう。そのたびに「ごめん……」って。
パリ　いやいや、CDってそもそもね〜、売れないものですよもはや。でも、作るのが偉いし、確実に名盤だし、意味は大きかったはず。で、本題に戻ると、そもそもどっちが音楽が好きかって、こんな我々に答えられるはずがないという。
ナオ　はは。まあそうですね。自分たちがそもそもぬるい。
パリ　「おれってそもそも、音楽好きなのかな？」ですからね。スタンスが。
ナオ　私は、頻繁に作ってはいないけど、聴き手としては相変わらず好きかも。そういう楽しみかたもありますもんね。受け身な楽しみかたも。
パリ　あ、ナオさんは音楽に限らず、いろんな表現活動が好きですよね。そこがすごいと思うんだよな。熱量がちゃんとある。
ナオ　なんかおもしろいものを作る人に対してのあこがれが強くて、「こういうことできんのすげーな！」って思うのが好きっていう。自分は少しも成長しないんですが。

パリ はは。まー難しい問題で、よくわかりませんというのが回答になってしまいますね。でもさ、各自がなんか心地よかったり楽しかったりすればいいんじゃね？　というのは、酒と同じかな！

ナオ そんな気がします！

止まれ

タイムスリップ

タイムスリップの際に気をつけたいこと

ナオ 前にふと想像して自分でおもしろかったんですが、タイムスリップをして過去に行ってみたいな、とか、誰しも想像したことあると思うんですけど。

パリ ええと、自分が今の頭脳で若いころに戻るんじゃなく、過去の時代に行く？

ナオ そうそう、過去の時代ね。

パリ はいはい。「江戸時代、見てみたいな〜」とか。

ナオ でね、本当にそれが現実になるとしたら、パリッコさんは半袖で冬に行っちゃいそうだなと思って。

パリ はは。現地が寒いかどうかとか考えず。こっちが夏だから。

ナオ スリップ先の気温を考えてない。

パリ 確かに気温は考えてなかった。

ナオ ですよね。だからタイムスリップするときは、ロンTと、一応パーカーも持っておいたほうがいい。

パリ それ以前に服装は考えるじゃないですか。それこそ、「江戸時代なら着物で行ったほうがいいよな……」くらいは。

ナオ　あ、そうか。江戸時代であればパーカーはかなり奇抜。

パリ　見世物ですよ。

ナオ　どてらならありかな。

パリ　ありですね。で、ベースは作務衣《さむえ》でいいのかも？

ナオ　ははは。作務衣ね！　最高かも。

パリ　手に入りやすいし。

ナオ　夏～秋くらいまでいけるし、江戸でも昭和でもいける。プシューって煙が出てるなかから、腕組みして作務衣を着たパリッコさんが現れるっていう。

パリ　はは。

ナオ　「え!?　なんかすごい人なのかな？」

パリ　「……このへんに、どっか酒飲める店ないっすか？」

ナオ　「なーんだ。ただの酒飲みか」

パリ　「帰ろ帰ろ」って。しかし、作務衣にどてら、タイムスリップ着としては最強なんじゃないですか？

ナオ　それが結論ですね。夏だったらどてらは小脇に抱えておくと。ちょっとしたときのごろ寝布団にもなる。

パリ　そうそう。

ナオ　「そうそう」じゃねえっていぅ。

パリ　はは。

ナオ　タイムスリップまでしておいて、ごろ寝する前提。

パリ　お寺の軒下で一泊。

ナオ　過去の大衆酒場とかも見てみたいじゃないですか？　ただ、今と比べると衛生面への意識とかだいぶ違うんだろうなーって。

パリ　でしょうね〜。

ナオ　荒々しいでしょうきっと。

パリ　戦後なんかすごいですもんね、絶対。

ナオ　だってそもそも、焼酎のくさみを消すためになんか混ぜたとか言いますもんね。

パリ　そうか。ないもんな〜、今の焼酎に、くさみ。

ナオ　甲類焼酎の味なんか、すごくクリアですもん。

パリ　本場の焼酎のくさみ、味わってみたいですね。現代に帰ってきたら物足りなくなっちゃって。

ナオ　ね！　だから我々軟弱酒飲みは、過去の時代でお腹を壊すことも一応考えておいたほうがいいので、腹巻とビオフェルミンも必携。

パリ はは、そうか。作務衣の下に腹巻して、いろいろ仕込んでおかなければですね。つーかさ、そもそもどの時代に行っても、金がなくないですか？

ナオ あ、そうか。その時代のお金を持ってないわけだ。なんか一芸があるといいんでしょうけどねー。時代の変化に関係ない、鳥の鳴きまねとか。

パリ はは。金、もらえるかな？

ナオ 作務衣を着た人が急に「ホーホケキョ！」。で、「さあ、いくらか下さい！」。

パリ だめだこりゃ。だから、ちょっとずるして、未来の技術を使っちゃうのはどうです？ 昭和の時代、学校の前でビックリマンシールを売ってたおじさんとかいたじゃないですか。あんな感じで、なにか珍しいものを売るとか。

ナオ なるほどね。

パリ ていうかもう、ビックリマンシール売ればよくね？ キラキラしてるし。

ナオ はは。なんかおもしろい絵だし。腹巻に入るし。

パリ 江戸時代の人に大ウケでしょう。

ナオ 確かに。「珍奇札」とか呼ばれて。

パリ ね。あ！ もっといいのがあった。エロ本の切り抜き！

ナオ　はは。「エロ本の切り抜き！」じゃないですよ。

作務衣を着たら鏡を見るな

パリ　ところで作務衣って、そもそもほんの少しだけ、〝普段着にしてみたい欲〟ありません？

ナオ　あります。涼し気だし、なんか、粋な感じがしてね。

パリ　そう！　粋な感じがありすぎて、まだ自分はその年齢、貫禄に達してないなと思いとどまるっていうか。いや、年齢じゃないな。器だな。作務衣を着る器。

ナオ　思いとどまりますよね。着てみたことあります？

パリ　実は亡くなった父が定年退職して、それまではザ・サラリーマンというイメージだったのが、徐々に白髭生やし、作務衣を着たりしだしたんですよ。

ナオ　おお。なんかいいじゃないですか。

パリ　それは似合ってた。で、いいなと思ってその作務衣を自分も着てみた記憶があり、もう、すげー似合ってなかった。

ナオ　はは。私もなんかの機会に一回着てみて、やはり似合わなかったような記憶がありりますよ。だいぶ昔だけど。

パリ 今でもさ、想像しただけで似合わないでしょう、我々。でも、たまに酒場にいるじゃないですか。同世代くらいでも作務衣着てて、違和感ない人が。

ナオ ね！ しっくりくる人いるよなー。その差はなんなんでしょうね。

パリ やっぱり着続けてるとなじむのかな〜。

ナオ そうそう！ 〝着てるうちに似合ってくる説〟ありますよね。それでいうと革ジャンとかね。

パリ 革ジャンもしかり。着続けないといけない。そのためにはでも、今日は作務衣、明日はTシャツとかじゃだめなんですよね。

ナオ 基本的にはもう毎日着続けると。「似合わない」と思っても押し通す。というか「似合わない」っていうのがそもそも自分を一回外から見てるじゃないですか。

パリ ははは。確かに！

ナオ もうそこから違うのかもしれない。

パリ 作務衣を着たら、鏡なんか見るなってことですね。

ナオ そうそう。自分がどう見えてるかなんて気にしない！ 空か大地を見る！

パリ 「作務衣を着たら鏡を見るな」「夜中に口笛をふくな」みたいな。

ナオ　はは。おばあちゃんに教わる感じで。その教えに従って20年ぐらい着続け、ふと鏡を見ると……。

パリ　ほ～ら似合ってる。

ナオ　はは。

甚平会

パリ　そもそも作務衣ってなんなんだ？　作業着みたいな響きだけど。

ナオ　今だと職人さんのイメージだな。手ぬぐいを頭に巻いてね。

パリ　ウィキペディアで調べてみると、なるほど「禅宗の僧侶が務め、日々の雑事（作務）を行うときに着る衣のことである」と。

ナオ　僧侶の服なんだ。

パリ　そもそも日々の雑事のことを「作務」って言うんだ。明確な目的のある服ですね。

ナオ　作務を行うときの服。

パリ　「量販店などでは甚平《じんべい》を作務衣と誤表記して販売しているところもみられる」だって。

ナオ　あ、そうか！　言われてみれば「甚平」もあるわ。違いがわかってなかった。

パリ　こんどは「甚平ってなんだっけ？」っていう。

ナオ　「作務衣と甚平の決定的な違いは、ズボンです。作務衣のズボンは足首まである長ズボン、甚平はひざ下ぐらいまでのハーフパンツです。次に大きな違いは甚平の多くは、風通しをよくするために脇がタコ糸で編んであります」だって。

パリ　ははは。そもそも着たいの、甚平のほうだった。

ナオ　本当だ！　思い浮かべてたの、甚平だったかも。ってことは、一回整理すると我々は「甚平を粋に着こなしたい」ってことでいいんですよね。

パリ　そうでした。というか、そのほうがまだ敷居が低い。

ナオ　「甚平　コーデ」で画像検索したら、ギャル男たちの夏休みみたいな雰囲気だ。

パリ　ははは。本当だ。ハットを合わせてる人が多い。

ナオ　ベースボールキャップかぶってる人までいるもん。自由なんだな。

パリ　っくぅ〜、勇気出ないなこの服装は。まずは一着買って、家でひとり酒を飲むときにこっそり着てみるかな。

ナオ　そうですね。でも今あらためて想像してみると、パリッコさんは甚平が似合う気がしますよ。

パリ　はは。ありがとうございます。

ナオ　あとそうだ、パリッコさんの仲良しで私もお会いしたことがある漫画家の小林銅蟲《どうむ》さんは、いつも作務衣のイメージですよ。

パリ　そうだ。もう、似合いすぎてて、体の一部って感じ。

ナオ　そうそう。めっちゃ似合う！　イメージがもうできてるもん。

パリ　小林銅蟲さんの画像検索したら、Tシャツ着てる若いころの写真が出てきて、そっちにむしろ違和感がある。

ナオ　はは。そうなったら本物だ。

パリ　こんどさ、「甚平会」やりませんか？　甚平を着て集まって酒飲むの。

ナオ　集まって酒飲むのは全然いいんですけど、たとえばまず、甚平着るでしょう。荷物はどうします？　リュック背負っていいのかな？

パリ　えーと、かばんわからないなー……あ！　風呂敷！

ナオ　はは。風呂敷かー！

パリ　電車に乗るときとか、1回ずつほどいてICカード出して。

ナオ　そうなりますよね。

パリ　あ、いや、風呂敷の底に入れておけばいいのか。それごとだん！　ってタッチして。

ナオ　いろんな角度で当てればどこかでピッとなる。でも財布出してお金払うときなんかモタモタしそうですよ。

パリ　難しいっすね～。もう甚平会は、まず居酒屋に集まって、トイレで着替えるか。

ナオ　はは。行き帰りはTシャツでよし。

パリ　個室に入ってきた店員さんが「ぎょっ！」って。「さっきまで普通の服装だったよなこの人たち……」

ナオ　もう、スーパー銭湯ですよ。

パリ　わはは。それがやりたきゃスーパー銭湯行けって話ですね。

ナオ　風呂上がりに食事処で飲めばいいし。

パリ　でもあれはほら、「館内着」といって、厳密にはまた違うから。

ナオ　そうか。

パリ　館内着を普段着にしてる人がいたら、いちばんやばいですね。

ナオ　胸元に「ひだまりの湯」みたいな刺繍が入っててね。「盗品だ！」っていう。

水サワーみたいな恋をして

「WATER SOUR」を飲んでみた

ナオ 最近コンビニに行くとたいてい、サッポロの「WATER SOUR」※っていうのが売られていますよね。レモンとオレンジの2種類あって。

パリ ありますね。

ナオ あれ初めて飲んだ時、あまりにただの炭酸水みたいで驚きました。

パリ それを聞いて僕も飲んでみましたよ。

ナオ どうでしたか？

パリ 正直、いくら神経を集中してもアルコールが入っているかどうかの確証が持てなかった。

ナオ ははは。疑いの目で見てる。度数が3％ですごく軽い飲み口なんですよね。

パリ 「芸能人格付けチェック」みたいな番組、あるじゃないですか。

ナオ なにかふたつのものが出てきて、より価値のあるほうを選べたら一流、みたいなやつですよね。

パリ そうそう。あれで炭酸水とWATER SOUR並べて出されたら、どっちがお酒か当てられなそう。

※ 2021年8月にサッポロから発売された低アルコール飲料。
現在は製造終了。

ナオ　かもしれない。こんなに好きで飲んできたのに、お酒の味が分かってないっていう。

パリ　「どっちがお酒でしょう?」がね。

ナオ　っていうかだって、「ちょっとお酒を控えようかな」と思ったとき、私たちはノンアルコール飲料を飲んだりしてるわけじゃないですか。

パリ　はい。

ナオ　あれは自分を騙してるっていうか。「これはお酒だ!　うまいうまい!」って思いながら飲んでる。お酒を見抜けないからこそ騙せるっていうか、そっちもありますもんね。

パリ　確かに。そして、ノンアルビールとかは自分のなかに需要あるんですよ。でもこっち、いわゆる微アル系の需要がぶっちゃけ、ない。あくまで自分にはですが。

ナオ　うんうん。つまり、お酒を飲んでいい状況でわざわざあまり酒感のないものを飲む必要がないっていう。

パリ　そう。もしお中元にこれがたくさん送られてきたら、焼酎を足して飲みますね。

ナオ　ははは。パリッコさんは絶対そうだろうと思った。それにしても「ウォーターサワー」ってすごい言葉じゃないですか?

パリ　なんか言ってそうでなにも言ってないような。「レモンサワー」や「梅サワー」に

ナオ　当てはめると「水サワー」ですよ。まるで清流のような。

パリ　水サワー、全身に浴びたいですもんね。夏は汗かいて家に帰ってくるなり、まず水サワーを浴びて、そのあと、縁側でスイカ食べたい。

ナオ　「水サワーキャンプ場」に2泊くらいしたい。

パリ　夏休みの思い出ですね。

ナオ　水サワーで流しそうめんして。

パリ　プールのジェット水サワーで遊んではしゃいで。

ナオ　夕方、急な水サワーが降ってきて。

パリ　そして、水サワーみたいな恋をしてね。

ナオ　ひと夏限りの。

パリ　水サワーのようにあっという間に歳をとり、笑って天寿をまっとう。

ナオ　自分、選べるならば「水サワー葬」がいいです。

パリ　はは。シュ―ッとどこかに流して終わりみたいな。

ハーフヘルファー

パリ でも、世界的にブームみたいですね、その微アルが。

ナオ さっき、WATER SOURの商品の概要文を見たんですが、「この商品は、炭酸水のような感覚で爽快にのどを潤してくれる甘くない低アルコールRTDであり、米国などで人気のRTDである『ハードセルツァー』に着想を得た、日本生まれのハードセルツァーです」とありました。

パリ そう。ハードセルツァーってのがアメリカでブームで、それに日本企業がどんどん参入してるんですよね。オリオンビールから出てる「DOSEE」ってのなんか、度数2％ですよ！

ナオ 本当だー。相当ライトな飲み口でしょうね。少しリラックス効果のあるジュースみたいな感覚で飲むのかな。

パリ 一度、昼寝の前にでも試してみようかな。っていうかそもそも、サトウキビ原料の蒸留酒と炭酸がベースで、そこに甘味料を加えずほんのりフレーバーを足したのがハードセルツァーってことらしいんです。ならもう、アメリカでプレーンチューハイ流行ってもいいと思うんですよね。キンミヤの原料だってサトウキビだし、「シタマチ」みたいな呼び名で。

ナオ あってもおかしくないですね。つまり、ハードセルツァーのもう少しハードなやつってことでしょう？

パリ ハードハードセルツァーね。まぁ、度数は自分で調整できるけど、チューハイはやっぱり7％くらいほしいもんな。

ナオ セルツァー↓ハードセルツァー↓ハードハードセルツァーと、だんだん度数が増えていくわけだ。以前、ラズウェル細木さんがストロングゼロに甲類焼酎を足して飲むとおっしゃってましたけど、それなんかもう、何セルツァーなんだろう。

パリ 「ヘルツァー」って感じ。

ナオ ははは。地獄《ヘル》ツァー。

パリ 「ハードヘルツァー」かな。だって、ストロング系チューハイがすでにヘルツァーでしょ。

ナオ なるほど。ヘルツァーのさらに上。

パリ セルツァー↓ハードセルツァー↓ハードハードセルツァー↓ヘルツァー↓ハードヘルツァー。

ナオ あの穏やかなラズウェル細木さんが「ハードヘル」とは、やばいです。

パリ　もしラズ先生のお名前が「ハードヘルツァー細木」だったらイメージ違うもんな。

ナオ　そのハードヘルの域まではいかなくても、ふだんの私たちはアルコール度数7%のチューハイなんかを好きで飲んでるんだから、ヘルに片足は突っ込んでますよね。

パリ　はい。ハーフヘルツァーですね。

ナオ　まだまだハーフか。半分地獄。裏を返せば半分天国。人生ってそんな感じしますね。

パリ　ほんとです。しかしハードセルツァーからずいぶん間の抜けた響きになったな。いっそ、「ハーフヘルファー」くらいのほうがいいかもしれない。

ナオ　はは。なんか、歯がなくても発音できそうな言葉。

完全無観客小芝居

パリ　まぁでもきっと、WATER SOURがちょうどいい人もいるんですよね。というか、そっちが多数派なのかもな。

ナオ　私は好きですよ！　最初7%のを飲んで、そのあとこれにしたりする。

パリ　あ、その手もあるか。ここからスタートではなく。

ナオ　そうそう。居酒屋でビールからチューハイに移行するように、チューハイからさらに薄めのものへと。

パリ　そう考えると飲みかたの選択肢が増えますね。さっき自分に微アル需要がないとか言っておきながらなんですが、最近、昼にビールが飲みたいときにけっこう「ビアリー」は飲んだりするんです。試しに飲んでみたら、純粋に味が好きで。あれなんて、アルコール度数0.5％ですよ。

ナオ　あれも美味しいですよね。しっかりとビールの味がして。

パリ　初めて飲んだ時は「0.5％でこんなにも！」って思いました。

ナオ　「デイリーポータルZ」の林雄司さんがお酒をやめて、ノンアルドリンクに凝っていらして、それで教わりました。そういえば、大阪で林さんの出演するトークイベントへ遊びに行った時、「また今度よかったら飲みにでも！」って言えないじゃないですか。この気持ちをどう表現したらいいのかわからなくて……。

パリ　なるほど、確かに。

ナオ　「散歩でもしましょうよ！」っていうのもおこがましいし。

パリ　わはは。林さんなら受け入れてくれそうですが。そもそも、うちらって酒ありきだから「ごはんでも行きましょう！」って提案の選択肢が頭からすっぽり抜けてるんですよね。

ナオ　あーそうか。「ごはん行きましょう」でいいのか。酒がなかったらあてのない散歩をするしかないってわけではないな。

パリ　けど飲み会より緊張しますよ。食事会って。

ナオ　そうですね。「食事会」っていうとお互いが向き合ってる感じだけど、一緒に酒を飲むってなると、お互いが同じ方向を向いてる感じがありません？

パリ　ある！

ナオ　それこそ一緒に散歩したり、ドライブしたりしてるような、あんまり緊張しないですむ感じ。

パリ　実際には向かい合って座ってても、どこかに向かってってみんなで進んでる感じ。

ナオ　そうなんです。酩酊へと向かってるわけだけど。

パリ　ヘルのほうへ。

ナオ　はは。みんなで地獄へ向かってる。食事会でもたとえば、ちょっと珍しい料理とかさ、「こんどイノシシ鍋が美味しいお店でも行きましょう！」とかだったら、なんか同じ目的を目指してる感じで誘いやすい。

パリ　うん。逆にお互いの中間地点で選んで、そこがカフェとかだったらもう、なにを頼んでいいかわからないですよね。「これ、頼んだらダサいって思われないかな？」

とか考えちゃって。居酒屋ならなんの気がねもなく好きなもの頼むのにな。しかも、人も食うやつを。

ナオ　ははは。相手の意見も聞かずに「どて焼き2本ください！」とか言いますもんね。それがどうだ、カフェでフラペチーノを前にして震えてる。

パリ　あ、でも今気がつきました。例えばそのカフェのメニューにWATER SOURとビアリーがあったら、急にリラックスできそう。

ナオ　そうですね。

パリ　酔えるからというよりも、既成事実というか。飲んでるからただの食事会ではないという。

ナオ　スタバにハードセルツァーが置かれるようになってほしい。

パリ　ですね！「あ、あるんだ〜。珍しいから頼んじゃおうかな」って小芝居して。

ナオ　ははは。最初から知ってたのにね。

パリ　「これくらいならOKですよね？(笑)」って。

ナオ　「珍しいから頼んでみたら、これ薄いお酒らしいですわ！」って。

パリ　わはは！　よく知らないで頼んだ体《てい》で。「あの人、毎回それやってるよ」って別の人にチクられ、裏でついたあだ名が「ウォーターボーイ」。

ナオ　できたチーム が「ウォーターボーイズ」。

パリ　「酒の穴」あらため。

ナオ　そんなときのために小芝居の練習をしておきたいな。そもそも、暮らしのなかで小芝居することってけっこうありますよね。

パリ　あるある。家を出てから道で忘れ物に気づいたとき、すっとUターンすればいいだけなのに「あ、あれ忘れた！」的な。

ナオ　観衆のいない小芝居ね。誰もいない家のなかで、出かけようとしてドア開けて「いやいやいや、マスク忘れてるって！」とか言ったりしますもん。

パリ　ははは。誰もいない家のなかだとよくしゃべるんだよな〜。

ナオ　私もです。テレビをつけて、若い人たちの青春っぽいCMが流れると「いいなー！青春だね！」とか言ったりする。

パリ　わはは。

ナオ　そして「こっちはこれですわ！」と焼酎をズズーッと飲んで。

パリ　うわ、急に思い出した。めちゃくちゃ恥ずかしいんですけど、中学生のころとか、なんかでクラスの女子としばしふたりきりになったりしたとき、なにも会話が思いつかないからひたすら「ねみ〜」っつってあくびしてた記憶がある。

ナオ　ははは。

パリ　恥ずかしすぎる小芝居。

ナオ　「口数が少ないのは眠いせいなんです」っていうね。

パリ　「寝てないから頭まわってないだけでー」

ナオ　あとさ、なんか気まずいとき、なにも探してないのに「あれ、どこだっけ……」ってリュック開けて中身を見たりします。

パリ　ははは。あるある！

ナオ　なにも探してないからなにも見つからない。

パリ　で、「あ、そうか、家だ家だ」っていう、顔で小芝居して。

ナオ　「あれぇ……まあ、いっか」つってチャック閉めてね。リュックのなかにはコンビニでもらった割り箸が3つぐらい入ってるだけでね。いつか必要になるかもってとっておいたやつ。

パリ　ゴソ、ゴソ、って荷物をかきわけるふりしてるんだけど、中身は割り箸のみ。これでもない、これでもない。

ナオ　自分が情けなくなります。「この割り箸はローソンのだろ？　こっちは……」

パリ　「あ、セブンの家に置いてきちゃったか～」って。まじ、悲しい生き物ですよ、人間。

ナオ　神様、俺たちの小芝居、見てますか？

パリ　あなたしか見られないんだから、ちゃんと見ててよね。

ナオ　本当ですよ。

パリ　横にいる人も見てくれてないんだから。

ナオ　はは。完全無観客ですからね。配信もなし。

〝じゃないほう〟が人生を豊かにする

カレーもそばも好きなのにあんまり食べない「カレーそば」

パリ ナオさんの新しいエッセイ集、『遅く起きた日曜日にいつもの自分じゃないほうを選ぶ』（スタンド・ブックスから2021年12月に発売）が、発売されましたね。おめでとうございます！

ナオ ありがとうございます！　ただ、「めでたい！」っていう気持ちより「ちゃんと売れるのかな」っていう不安が……。

パリ それってもう、尾田栄一郎先生くらいにならないとなくならない不安だなと、最近思うようになりました。

ナオ 確かにな。

パリ いや、尾田先生も不安かも。

ナオ だからあれか、とりあえず本が出たんだから「めでたい！」でいいのか。

パリ そうだそうだ！

ナオ 今の時代に私の書くようなちょっと地味めな本が出るって、相当ありがたいことな気がします。

パリ　いろんなタイプの話が収録されてるけど、やっぱりタイトルにもなってる「いつもの自分じゃないほうを選ぶ」という概念が発見だなと。

ナオ　いつも自分が選びがちなものって、決まってきますよね。なんとなく。それを、あえて〝じゃないほう〟を選びながら散歩してみるっていう。

パリ　人間、本当に「じゃないほう」を選ばないですよね。

ナオ　そうなんですよ。私は特にそう。保守的なのかも。

パリ　僕で言うと、会社員時代、「小諸そば」にめちゃくちゃ行ってたんですけど、「えび天そば」とか一度も頼んだことなかったな。

ナオ　はは。ちなみにいつもは何を？

パリ　基本「いか天そば」です。

ナオ　それもそもそも「なんでそれに落ち着いたのか？」っていう話ですよね。

パリ　はは。なんでだろう。

ナオ　ある時「これだ！　これしかない！」って感動したのかな。

パリ　いや〜、どちらかと言うと、惰性でいか天なんです。間違いないから。

ナオ　なるほどね。

パリ　海老天はなんか、非日常感あるじゃないですか。いくら立ち食いそばといえど。

ナオ あるある！　海老ってハレの雰囲気がある。それに比べて、いかは身近な感じ。

パリ いかはもう、米と同じくらい身近。

ナオ はは。そんなにですか？

パリ だからこそ、たとえばたまには海老天を注文してみると、いつもと違う楽しさが待っているよと。そういうことに、ナオさんの本を読んで気づかされました。

ナオ そうなんですよね。っていうかさらには、もっと頼まないものもあるでしょう？

パリ あるある。

ナオ たとえばパリッコさん、立ち食いそばで「カレーうどん」とか食べますか？　私はよく食べるんですが。

パリ 食った記憶ないな～！

ナオ ほら！　ねー！　そんな気がした。パリッコさんとは長いつきあいなのに、ぜんぜん違うんだよな。

パリ カレーうどんって実在します？

ナオ はは。「そんなものメニューにありますか？」っていう。券売機を見て！

パリ 「汁がワイシャツにはねる」っていう、あれですか？

ナオ カレーうどんに対する認識、薄いなー。じゃあもう、「カレーそば」なんてさらに

パリ　食べないでしょ？　私は好きなんですが。

ナオ　カレーそば？？？

パリ　「？？？」じゃないですよ。

ナオ　はは。

いや、あるから。毎日それの人もいるかも。でもカレーうどんに対して、カレーそばはちょっと〝じゃないほう〟な気がする。

パリ　そもそも僕、カレーがいちばん好きな食べものなんです。なのに、カレーうどんもカレーそばも見たこともない。いや、それは言いすぎか。

ナオ　カレーも好きで、そばも好きなんでしょ？　なのにカレーそばを食べない。でもそれぐらい、じゃないほうって目に入らないんですよね。

パリ　ね！

にんげんじゃないんだもの

ナオ　私にとっても、パリッコさんが当たり前に食べてるものなのに、「？？？」ってなるものがあると思う。

パリ　だってさ、こないだ「デイリーポータルZ」の記事でやりとりしましたが、「カツカレー」をナオさん、初めて注文して食べたと言ってたじゃないですか。さっきカレーって言ったけど、正確にはカツカレーこそ僕のいちばん好きな食べものですから。

ナオ　そう。カツカレーって私のこれまでの人生にほとんど登場してこなくて。本当にこれは、パリッコさんにとっては「私はバカです」と言ってるようなことだとわかっているんですが、カレーがそもそも、〝じゃない〟のよ。

パリ　わははは！

ナオ　ごめんよ！　もちろん私にとってはっていうことですよ。

パリ　カレー！　美味しい！

ナオ　はは「カレー！　美味しい！」ってこの上なく素朴な言葉だな。

パリ　でもまぁだって、僕にとって「ラーメン」がじゃないわけですからね。歳を追うごとにだんだん好きになってきたという意味では、僕にとっては「ナス」や「しいたけ」と同じジャンル。

ナオ　はは。おもしろい。パリッコさんのなかではラーメンとナスが同じ引き出しなんだ。でも、本当にそういうものだと思うんです。ある人にとっては当たり前のものが、また別の人にはめったに選ばないものだっていうさ。

パリ　じゃないほうじゃんけんとか、おもしろそうじゃないですか？　たとえば「じゃないほうじゃんけん、野菜！」。
ナオ　えーと「かぼちゃ」！
パリ　意外と「レタス」！
ナオ　そうなんだ。
パリ　かぼちゃはけっこう好きなんですよ。しょっぱく味つけるとうまい。レタスは、キャベツとか白菜に優先度で劣るというか。
ナオ　えー！　レタスって、なんか、サラダでもいいし、そのままラーメンに入れたりしてもいいでしょう。チャーハンにもいいね。どう使ってもいいっていう。
パリ　レタス、鍋に入れるとか火を通すと最高にうまいことにかなり最近気づいたくらいで。かぼちゃは天ぷらにして天つゆで食べるとか、にんにく醤油炒めとか。
ナオ　うわー。確かにそれは美味しそうだけど、あ、たとえばどうですか。鍋ってしますか？　私は大好きなんですが。
パリ　鍋は好きです。
ナオ　よかった。どんな鍋をよくしますか？
パリ　あのね。これはいろいろで、家族の好みもあるから。僕は「水炊き」でいいんです。

豚肉をゆでてめんつゆで食べるのが最高にうまいと思ってるから。

ナオ うんうん。普通に水炊きね。

パリ けど、そればっかだと家族も飽きるから、鍋の素とかいろいろ買ったりするんです。あと、意外と鍋にかぼちゃを入れるのももうまい。ただ、自分がいちばん好きなのは、水炊きっていうかもう、薄切りの豚肉と、長ねぎ、豆腐、昆布だけの、いわゆる湯豆腐鍋なのかな。

ナオ なるほど、いたってシンプルというか。でも、すでにここに私にとっての〝じゃなさ〟があります！

パリ え！　そうですか？

ナオ 白菜はいらないんですか？

パリ 白菜は好きだけど、なくてもいいかな。

ナオ うおー！

パリ 長ねぎは？

ナオ 長ねぎは好きだけど、なくてもいいかな。

パリ うおー！

ナオ ははは。うおーＷＡＲ。

パリ　豆腐は？
ナオ　豆腐は欲しいな。
パリ　ね。
ナオ　私が「鍋食べたいな」と思うとき、それはほとんど「くたくたの白菜食べたいな」とイコールなんですよね。つまりもう我々の「鍋」のイメージがそもそも異なってる。
パリ　お互いが「じゃない鍋」を食べてる。
ナオ　きのこ類は？
パリ　ひとつは入れたいけど、こだわりはあまりないすね。無難にしめじを選びがち。
ナオ　うんうん。舞茸はどうですか？　ひょっとして、なくてもいいのでは？
パリ　舞茸は天ぷらかバター醤油炒めで食べたい派です。鍋にはなくてもいい。
ナオ　すごいな。人間ってやっぱり、じゃないいんだわ。
パリ　じゃないですね。
ナオ　「にんげんじゃないいんだもの　みつを」ですよ。
パリ　わはは！　いやいや大丈夫だよ。自信持てみつを！　人間ではあるよ！
ナオ　自信のないみつを、おもしろいですね。励まされるんじゃなくて励ましたくなる。

サックサクのカツをカレーで濡らす

ナオ でも、まさにその〝じゃないほう〟になにか良さがあるのでは？　という。パリッコさんの鍋もそれはそれで美味しいのかもなっていう。そう考えることの先におもしろみが見つかるんじゃないかと。

パリ そうそう。っていうか、じゃない鍋も美味しくないわけがないんですよね。けっきょく「鍋美味しかったな～」っていう。じゃなくもない結果が待っているはず。

ナオ だからあれだな。たとえばすべてをパリッコさんに決めてもらうのもいいかも。「今、こんな街に来てて、お腹空いてるんですけど、目の前にこんな店があるんですが。どっち選びますか？」ってＬＩＮＥして。

パリ はは。いいですね。

ナオ 自分の脳をそっくり明け渡す日。

パリ 「今、なにが見えますか？」っていう。ＶＲゴーグルでその視界共有したい。

ナオ 「カレー屋に入りなさい、そしてカツカレーの大盛りを注文しなさい」。その先に自分の知らない世界が見えてくる。

パリ ね！　……って、そういえばこないだ、林修先生の「日曜日の初耳学」っていう

TV番組で、カツカレーが「1＋1が絶対2にならない料理」と言われていたっていうニュース記事が話題になってて。

ナオ え、どういうこと？　3以上になるっていうことですか。

パリ はは。違います！　1.5くらいにしかならないと。「美味しいとんかつもカレーもそのまま食べるべき」みたいな。

ナオ はは。そういうことか。

パリ 確かにわかるんです。記事を読んだ人のコメントも「よくぞ言ってくれた！」みたいなのが多くて。それを今思い出して、なにかと「カツカレー！　カツカレー！」って言ってる自分、バカみたいだなって思いました。

ナオ はは。っていうか、サックサクのカツをカレーで濡らすっていうさ。「コロッケそば」とかもそうかもしれないけど、衣を濡らすのって、かなり〝じゃない行為〟ですよね。

パリ 確かに。カツ丼もそう。せっかく揚げたとんかつをいきなり玉子でとじるって、じゃなすぎる。「いやいやいや！」っていう。

ナオ ははは。がんばってサックサクにしておいて、しめらす！　ふわふわの豆腐をあえて揚げて厚揚げにするのも〝じゃない行為〟な気がするし。

パリ よく考えたら、いか天そばをはじめとした天ぷらそば全般もそうですよね。世の中にはじゃないがあふれてる。

ナオ そうそう。意外とみんなそんなものを好きなのかも。

あげぬら会

ナオ 本を読んでくれた人がさっそく、「通勤のときに、いつも歩く道の反対側を歩いてみました」みたいなことをTwitterに書いてくれて嬉しかったんですが、そういう小さな〝じゃない〟でもよくて。いつもの自分から脱線してみるだけで「あ、こんな店あったんだ」とか、そういうことが待っているかもしれない！　っていうことが言いたかったんです。

パリ 最近すごく思うのが、練馬区の石神井公園という街に住んで十数年。もうほとんどの酒場には行きつくしたんじゃないかという気になったこともあるんだけど、そういえば駅の目の前にある「受楽」という、超老舗の中華屋にもまだ行ったことがないことに気づいて。〝じゃない〟は無限だなと。

ナオ 本当にそうですね。自分が選んだもののほうが圧倒的に少ないんですもんね。99％は「じゃない世界」。

パリ　ほんとそう！　それに気づくと、可能性が100倍くらいに広がるとも言える。

ナオ　そこにまた新しい自分の定番が見つかるかもしれないですから。

パリ　だよな〜。っていうか、自分の定番、そうやってふり返ってみると、つまんねー！

ナオ　ははは。そう思ってしまいますよね。

パリ　またそれ？　っていう。

ナオ　こんなに選び放題なのに。

パリ　いか天ばっかじゃなくて、順番にひとつずつ食べていってもいいのに。「からあげそば」とか、食べます？

ナオ　うわー。食べたことない

パリ　確か小諸にあった気がする。

ナオ　それも揚げ濡らしですね。

パリ　はは。揚げ濡らし。

ナオ　妖怪「揚げ濡らし」。

パリ　夜中、冷蔵庫にある食材を揚げては、つゆなどに浸しておく妖怪。

ナオ　ははは。マメなやつ！

パリ　助かるっていう。

ナオ　「勝手にこんなことして！　いやだなー、もう！　……ん？　うまい！」という、そんな人々の笑顔を見るのが好きな妖怪。

パリ　家主が揚げて濡らすことの良さを覚えると家から去っていく。

ナオ　次の「じゃない家」を探してね。

パリ　「揚げ濡らりひょん」と名づけてもいいかもしれない。

ナオ　「ヒヒヒ！　人間ども、意外に美味しくてびっくりするぞうー」

パリ　「ヒヒヒ！　人間ども」って悪そうに言ってるわりに良い行いしかしてない。

ナオ　愛すべき妖怪ですよ。揚げたものを濡らす会を開催してみたくなってきます。

パリ　やりましょうよ！「あげぬら会」。

ナオ　語感がこわいなー！

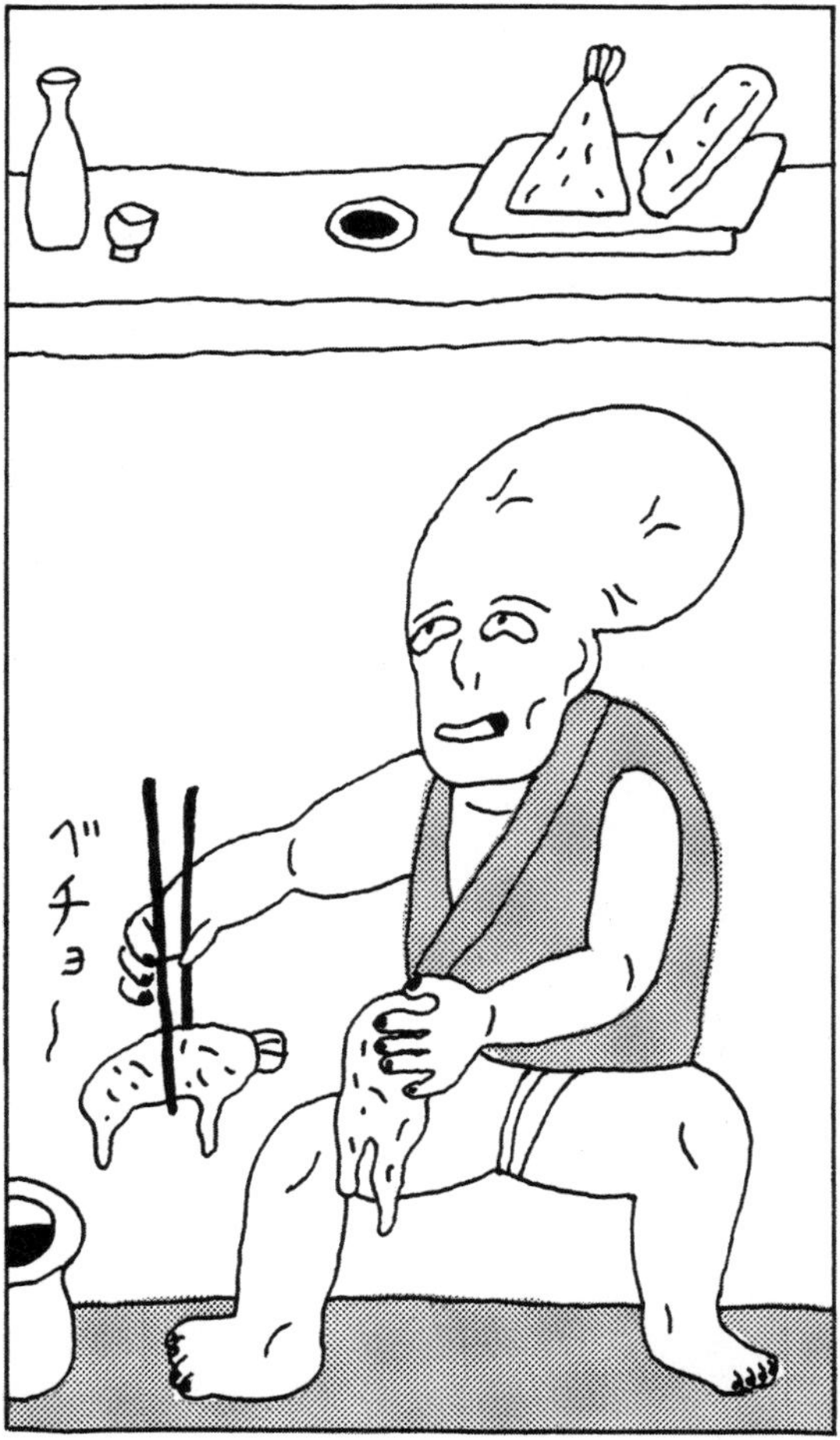
ベチョ～

ほっとひと息

お茶の穴

酒の穴のふたりが読者からの質問に答えるティータイムです。

シロイイヌさんからのお便り

取り上げて欲しいテーマというか、私はダイエットが続かないので何か手軽な「ながら運動」のアイデアを聞いてみたいです

パリ　わはは！　なぜ我々に！

ナオ　ちゃんと答えられる気がしない！

パリ　強いて言えばですが、前に興味があって鍼《はり》を打ってもらいに地元の鍼灸院《しんきゅういん》にいったことがあって、そのとき「何かスポーツやってるんですか？」って聞かれたんですよね。どうも、足の筋肉がしっかりしているからと。

ナオ　へー！

パリ　その原因、「異常な散歩好き」以外に考えられず。

ナオ　ははは。「酒を飲むために歩き回っているのです」とは言えない。

パリ　酒場を探し〝ながら〟ウォーキング。

ナオ　「それをスポーツと呼んでいいのなら、やってますが？」っていうね。

パリ　ね。ほら、酒には意地汚いから、初めて訪れた街で、いきなり目の前にある店に入ったりしないじゃないですか。「ここでいいや！」って。

ナオ　そうですね。

パリ　「もっとぐっとくる店ないかな～」と、執拗に歩き回る。

ナオ　スポーツに酒を取り入れればたぶんパリッコさんはもっと伸びるでしょうね。たとえば砂浜を走って旗を取り合うようなやつあるじゃないですか。

パリ　ビーチフラッグ。

ナオ　あれがフラッグじゃなくてキンキンに冷えた生ビールだったら相当走るでしょ。

パリ　わはは！「ビーチキンキンビール」。もう、目が血走っちゃって。

ナオ　フライングを何度もくり返し、失格。

パリ　ぜんぜん飲めない。でも運動にはなってる。

ナオ　あとあれね。マラソンで給水ポイントにバイスサワー。

パリ　はは。酒を運動に取り入れるの、想像するだけでハードだな。

ナオ　両立が大変。

パリ　「酒SASUKE」とか、TVでやらないですかね。

ナオ　略して「SA-KE」ね。それはなに？　ゴールポイントに酒がある？

パリ　そう。まずうんていを渡りきると一杯やれる。

ナオ　おもしろい。下は池でね。

パリ　けっきょくマラソンと同じか。あ、でもどんどん酔っていくのに、後半、ぐらぐらする床とかが登場して、見てるほうは笑えてたまんないですよね。

ナオ　どんどんなにもできなくなっていく。

パリ　だからあれか、難易度がどんどん下がっていくコースにして「わはは！　さっきはできてたのに〜！」っていう。平均台が太くなっていくのに渡れない。

ナオ　千鳥足でね。

パリ　あきらめて途中のポイントで酒盛り始めちゃうやつもいるしね。

ナオ　そっちのほうが楽しいからっていう。

パリ　「おれちょっと、戻ってつまみ買ってくるわ！」つって、もと来た一本橋を「おっとっと」とか言いながら渡って、みんなで大爆笑。

ナオ それは見てみたい！

パリ ね。だから、ながら運動には、自宅に「SAKE」のコースを作るのがおすすめ。

ナオ そうですね！　冷蔵庫までの道に障害物を置いて。

パリ あ、それいいじゃん！

ナオ あとあれだ、鉄アレイ製のジョッキ。

パリ なるほど！　そういうのだ。大きめのグラスに持ち手として鉄アレイをつければ。

ナオ そうそう！　ビールを飲むだけで上腕二頭筋がもうボコボコに。

パリ クセで冷凍庫で冷やしちゃってね。「いくらなんでも持ち手が冷たすぎる！」って。

ナオ 50キロぐらいある重りの入ったベストを羽織って立ち飲みするとか。

パリ 韓国料理の石焼きビビンバの器あるじゃないですか。全部の食器をあれにするのもいいかも。

ナオ ははは。あれでグイグイ飲んでね。弁慶って感じで。

パリ どぷん！　どぷん！　と酒を注いで。

ナオ そんな「ながら運動」はいかがでしょうか！

パリ これなら無理なく続きますよ～！

1日2回来る客

ダブルカオマンガイデー

パリ 昨日のことなんですけど、妻がちょっと体調を崩してしまって、大事をとって1日、家でおとなしくしてたんですね。それでお昼どき、「なにか今食べたい、元気の出そうなものはある？」って聞いたら「う〜ん、タイ料理……『カオマンガイ』が食べたいかも」って言うもんで、地元に好きなタイ料理屋がいくつかあるので、テイクアウトしてきてあげようと思って調べたら、軒並み定休日で。

ナオ あらまぁ。どうしよう。

パリ そこで、そういえば数年前に駅前に、大手資本っぽい、今風のアジアンキッチンみたいな店ができてたよな、と思い出して調べたら、そこで無事カオマンガイがテイクアウトできたんですよ。

ナオ おお、良かったです。弱ったときって「これ！」っていうドンピシャのものがどうしても食べたくなりますもんね。

パリ ね。まぁちょっとドタバタしたけど、良かった良かったと。で、その日、僕は仕事で新宿に行かなきゃいけない用事がありまして、ついでに目的地の近くにある好きな店でごはんでも食べようと思ったんです。そこが「モモタイ」っていう、早朝から夜まで通しで営業してて、しかも酒もしっかり飲めてしまうという、おもしろいタイ料理屋なんですけど。

ナオ いいですね！

パリ ところが、むちゃくちゃ久々に行ってみたら、なんと今、毎週その曜日だけ通常営業が14時までで終わりだそうで、スタッフの人たちが大量のお弁当を仕込んでる時間帯だったんですよ。

ナオ おお、それは残念。

パリ で、桃子さんっていう店主にちょっと挨拶だけして、「また来ますね！」って言ったら、これまでにWEB、雑誌、TVとかで、いろいろと紹介させてもらったりもしてる店なので「パリッコさん、せっかく来てくれたのに悪いから、これ持ってって！」って、お弁当をいただいてしまって。

ナオ 優しい人だ。

パリ で、中身を見てみたら、カオマンガイで。

ナオ ははは。

パリ 「なんで今日、急にこんなにカオマンガイ？」って。

ナオ カオマンガイだらけの1日だったわけですね。あれ、カオマンガイってどういうのでしたっけ？

パリ タイ料理の、鶏肉と一緒にごはん炊いたやつみたいな。

ナオ チキンライスみたいなやつだ！　あれ美味しいですね。

パリ モモタイのカオマンガイがまた、超うまいんですよ！　だから妻に持って帰ってあげたいけど、「でも今日、このタイミングで食べたいかな？」とか思って。けっきょくまぁ、妻は1日2食カオマンガイになってしまったけど、美味しく食べたという話なんですけど。

ナオ はは。ダブルカオマンガイデーだったんですね。

パリ カオマンガイマニアみたいなね。でも、これがカオマンガイだったからなんか変な1日だったけど、「あれ、今日3食うどんじゃね？」って日とかはたまにありますよね。

ナオ そうですね。ラーメンばっかりの1日とか。

パリ あ！　っていうかナオさん、こないだ「デイリーポータルZ」の記事で、家から往復2時間かかる「宇宙」という町中華の全メニューを食べるって記事書いてて、最後の日、1日2回行ってましたよね！

ナオ そうそう。昼と夜とね。いや、もう締め切りが迫りすぎて、どうしてもそこで食べないと全メニューが終わらなかったんですよ。それに加えて、最後は1日に2回行くのもいいかなって。

パリ　すごくほのぼのとした、読み終わったあとに心がほわっとあったかくなるような記事でした。でも、「あれ？　よく考えると異常行動じゃないか？」っていう。

ナオ　ははは。そうかもしれない。

パリ　昔『世にも奇妙な物語』で、玉置浩二が定食屋に入ってきて、メニューの端から端まで、食べては注文し食べては注文し、ついに全部食っちゃうんですよ。そんで、最初は引いてたお店の人と居合わせた客も「うおー！　やりやがった！」って盛り上がるんだけど、何事もなかったように、また1品目を注文したところで終わる。そういう話があって。

ナオ　わー！　こわい。

パリ　ちょっとそれ思い出しました。店の人からしたら、「毎日毎日、お昼によく来てくれるわねぇ。え？　夜もきた!?」って。

ナオ　確かに1日に2回行くことによって、いきなり過剰さが出ますね。

パリ　同じ店に1日に2回、おもしろい。

ナオ　ただ、近所のコンビニなんかだとしょっちゅうでしょう？　私はだいたい昼と夜しか食べないんですが、昼、コンビニで買ったカップ麺、夜、コンビニで買ったカップ麺、とかありますもん。

パリ はは！

ナオ そういうときは私のような人間でも「これでいいのかな？」と少し思うっていうか。せめて2回目はカップ焼きそばにしたらよかったかなって。

パリ いやいやもう、ちょっと根本から違う気がしますよ！　2回目はなんでもいいから別のものにしましょうよ。お弁当とサラダとかさ。

ナオ はは。そうかー。でも「宇宙」はメニューもたくさんあって、1日に2回行くのも楽しかったですけど、コンビニだとちょっと怠惰な気持ちになりますね。

パリ 確かに。

ナオ でもまぁ自分のせいか。同じもの2回食べてる自分が悪いわ。コンビニこそたくさんメニューあるもんな。

パリ とか言いつつ僕も、最近気に入ってる「氷結無糖レモン」を、同じ店員さんから1日に2回買うこととかあって、こっちもこっちでこわい。

ナオ ははは。わかるわかる。私は相変わらず近所の川で飲むのが好きで、いつもだいたい15時ぐらいに家を出て、コンビニで買った缶チューハイを川で飲むんです。ほぼ毎日そこで同じものを買っていく。その時点ですでにループしてるんだけど、たまに川で興がのって「もう1缶！」というときもあって。そういうときは「さっき来たのにまた？」と思われてるかもしれない。

パリ また来るかどうかの賭けが店員間で行われている可能性も。

ナオ あるなー。よく、酒場の常連さんの「俺、週8で来てるから！」みたいなギャグありません？

パリ はは！　いるいる。

ナオ ね。あれも、ギャグじゃなくて本当にそうなのかもしれない。

パリ っていうか、酒場の2回は逆に効果的なことも多いんですよね。前に、デイリーポータルZの配信イベントに出るにあたり、当時編集部のあった二子玉川で「こんなおしゃれな街に古そうな酒場はないかな〜？」って興味本位で探して、運良く見つかった渋い店にひとりで入って軽く飲み、それからイベントに向かったんです。そのあと、編集長の林さんたちと「軽く飲んで帰りましょう」ってことになって、「さっきいい店あったんですよ！　そこどうですか？」って。それで2回目行ったら、もう、特大おにぎりが人数分出てくる大サービス。

ナオ へー、そんなことがあるのか！　俺も2回行ってみよう！　……っていう、意地悪じいさんの伏線。

パリ はは。ラストシーンは馬糞片手に「お、おにぎりのはずだったんじゃが……」。

ナオ 自分で言っててそうなりそうな気がしました。でもまずひとりで来て、2回目は3～4人連れて来るって、すごくいいですね。

パリ お店からしたらきっとね。

ナオ 美味しかった！ いい店だった！ っていうのがあったから仲間を連れてきたっていう。これが逆だとどうかな。まず3～4人で来て、あとでもう1回、ひとりで来る。

パリ あ～、いや、今お店側の気持ちになってみたんですが、そいつもすごくかわいい。「じっくりここを味わいたかったんで！」っていう感じになりますかね。

ナオ うんうん。「2日続けて行く」っていうのは、酒場の達人の太田和彦さんなんかも推奨している手法なんですよね。「昨日来て気に入っちゃってさ～」で、手っ取り早くお店になじめるみたいな。1日2回はさらに手っ取り早いのかもな。

来るときはいつも2回

ナオ というか、我々も前にありましたね、1日2回パターン。

パリ あった！ 確か門前仲町の「凪○《なぎまる》」という、お互い初めて入る立ち飲み屋でしたよね。

ナオ あ、でも思い出してみるに、あれはちょっと小ずるい思い出ですよ。なんか、会員カード制度があると壁に書いてあって、それが「見せるだけで毎回ドリンクが50円引き」とかお得なカードで。

パリ そうだそうだ。よく覚えてますね。

ナオ で、それが、その場で申込書を書いて1週間以内にもう一度飲みに行くと会員になれるシステムだったんですよ。「1週間以内ということは、今日もう一度来たらもらえるんですか？」って店員さんに聞いたら、「え〜と、可能性はあります！」っていう。

パリ はは。そうだった。「可能性」ってなんだ。

ナオ たぶんそのとき店長いなくて、店員さんもそんなパターン初めてだからわかんなかったんでしょう。

パリ そうか、でもとにかく、お店の方もそんな酔狂をおもしろがってくれてた雰囲気でしたよね。

ナオ そうそう。楽しい雰囲気の店で。

パリ ちょうどさっきの話みたいに、最初はふたりで行って、その後にデイリーの林雄司さん、古賀及子さんと喫茶店で打ち合わせがあったので、そのままおふたりを連れて軽く行って、みたいな。

パリ そうしたら、無事会員になれて、めでたしめでたしと。あれ楽しかった。ただ、せっかく会員になれたのに、その後行ってない。

ナオ 1日に2回も行ったのに。

パリ 極端。まぁ、ちょうどコロナ前くらいだったというのもありますが。

ナオ そうですね。私はそれからなかなか東京に行けなくなって。また行きたいな。

パリ ただ、もう会員カードどっかいっちゃったなぁ……。次回もまた2回行かないと。

ナオ はは。来るときはいつも2回。

パリ たま〜に1日2回来る客。

ナオ そういえば、「宇宙」に2回行った日なんですが、夜は、チャーシューを食べたあと、チャーシュー麺を食べたんでした。2×2みたいな。

パリ ははは! もう意味がわからない。「今日来るのが2回目の客が、チャーシュー2回頼んだ!」ですもんね。というか、2回行くの、あえて意識してやってみたいな。何軒かの店に2回行って、どうだったか。

ナオ 本当ですね! 私たちのいつものクセですが、レポート記事にしてもおもしろそう。2回目でようやくわかることって多そうです。映画とかもそうでしょう。時間で客層が違うなーとか、気づくことがいろいろありそうだ。

パリ 伏線の確認というか。2回目のお会計後に、店員さんにお話を聞けたら最高ですね。

ナオ そうですね。

パリ でも今想像してみたんですが、たとえば小さな定食屋の老夫婦に、2回目、「昼も来たんですけど、美味しくてまた来ちゃいました」って、完全なる嘘ではなくても言いにくいな。狙っちゃった以上、詐欺師の手口みたいな。

ナオ ああ、狙っての2回はなんか嫌か。「私、さっきも来ましたよ！」とかグイグイ来られても店の人にしたら余計なお世話というか。だからあれだな、ある程度大きな店がいいですかね。大箱の大衆酒場とかだったらお互い気にならないでしょう。もしくはマクドナルドかな。

パリ はは！　なにも起こらなそう。

ナオ なんか、たまにオカルト系のサイトみたいなので、パラレルワールドに行く方法みたいなのありませんか？「どこどこに何時に行ってそこでなにをしたら知らない世界に行ける」みたいな。まったくうろ覚えですが。

パリ 不思議話みたいなやつですよね。いっときハマってあれこれ読んだ。

ナオ そうそう！　そういうのっぽくないですか。「昼の12時と夜の19時にマクドナルドに行き、同じ席でダブルチーズバーガーを食べていると店員さんに声をかけられるから、それにこう答えて」

パリ もう、なにか声をかけられるまで毎日同じ時間に同じ場所で同じバーガーを食べ続けてみたい。

ナオ はは。そうですね。というか、絶対そういう人いますよね。まず、朝だったらいるでしょ。必ず同じ場所でコーヒーを飲んで会社に行くっていう。

パリ そうか。「習慣なのね」になっちゃうか。あ、でも、金曜だけコーラを飲むのは？

ナオ いいでしょう！　暗号めいてくる。

年間ちくわ730本

ナオ この前ひとりで、初めての角打ちに入ったんです。常連さんの多そうな店なのでドキドキしながら。そしたら、基本乾きものばっかりの店なんですが、店に暗号っぽいのがいっぱいちりばめられてるっていうかさ。

パリ ほほう。

ナオ たとえば隣のお客さんが「サンカクちょうだい」って言ったら6Pチーズが出てき

たり。

パリ ははは。「チーズ」のほうが短いのに！

ナオ ハイボールを頼んだら「缶で？　それとも作ります？」って聞かれるとか。

パリ うおー、わくわくする店。

ナオ とにかく、そんなことは壁のメニューには書いてなくて、常連さんならわかる符牒というのかね。で、ある常連さんらしき人が店に入ってきたら、何も聞かずにマスターが、そそくさと冷蔵庫からちくわを1本取り出して、瓶ビールと一緒にその人の立った席に持っていったんです。

パリ ちくわ！

ナオ 「なにこれ！」って思って。必ずちくわの人なんだなたぶん。

パリ それ、どっきりなんじゃないですか？「こんな店、本当はありませんでした〜！」

ナオ ははは。そうかもしれない。

パリ 「どの時点から気づいてた？」っていう。

ナオ 「サンカク」で気づけたらよかったんだが。

パリ ははは。いや〜でも、ちくわか〜、そりゃあ毎日でも食べられないことはないけど。

ナオ ああいうのっていつできあがるんでしょうね。「いつもの」的なやつ。

パリ 興味深いですよね。

ナオ それこそ「瓶ビールと、あとちくわで！」っていう注文を1日に2回ずっとくり返し、さすがに10年くらいしたら何も言わずにちくわが出てくるようになるみたいな。

パリ もう、ちくわと瓶ビール込みでその人みたいな。

ナオ そうそう。

パリ また悪いクセですが、どれだけ最短で「いつもの」が出てくるようになるかチャレンジとかやりたいですね。

ナオ 本当ですね。あれはもう、並大抵じゃないと思いますよ。

パリ 1年でいけないかな。いやでも、毎日2回通えばあるいは？

ナオ 1日2回を365日くり返したとして……そうか、1日に2回行くとすれば1年は730日あるのか！

パリ はは。こっちが参るわ。年間ちくわ730本。

ナオ でも「いつもの」が決まってしまった人がいつもの気分じゃないときってどうするんでしょうね。

パリ 考えたこともなかった。

ナオ もうちくわは何も聞かずに出してましたから。「いつものでいいですか？」っていう確認もなしに。

パリ 実はだいぶ前から「違うものも頼んでみたいな……」って思ってたりね。

ナオ 「ここ来るとちくわでほとんど腹いっぱいになっちまうんだよな……」

パリ わはは！

ナオ 「よし、ちくわはこっそりポケットに入れよう……」って。

パリ そうやってちくわを隠しても、まだ酒が残っているのを見た瞬間、店員さんがニューちくわをトンッ。

ナオ こわいわー。歯医者の水の仕組みだ。

BREWERY
KIRIN
宇宙

ドライはつらいよ

嬉死

パリ 長引いた緊急事態宣言が、いよいよ全国的に明けましたね。※

ナオ はい。すごくようやくという感じがありました。

パリ とりあえず繁華街を歩いてみたら、お店の人もそこで飲んでる人もみんな笑顔で、なんかキラキラしてました。

ナオ 私は近所の天満を少し歩いたぐらいなのですが、やっぱり明るい雰囲気ですか！

パリ いやもうね、実在しないイルミネーションがピカピカ点灯してるような感じ。クリスマスみたいな。僕の脳みそがお花畑なだけかもしれませんが。

ナオ ははは。いやいや、飲む側もお店の側もこの日を待ち望んでいたでしょう。

パリ 昨日、ちらりと寄った好きな店の店主さんが言ってたんですが、解除前日あたり、地元の八百屋とかの商店もいつも以上に混んでて、大量に買って帰る人がたくさんいたらしくて、「あれはきっとお店やってる人たちだろう」と。だから、飲食店だけじゃなく、いろんな人がその活気に喜んでる感じがあって。

ナオ なるほど、一気にあちこちに血が通いだすというか。

パリ ね！　酒屋さんなんかもう、大忙しでしょきっと。

※2021年10月1日、4度目となる緊急事態宣言が全国的に解除された。

ナオ 少しでもこの休まなきゃいけなかった間のぶんを取り戻してほしいですね。10月1日にね、それこそ何度も取材でお世話になって、という以前に普通にいちばんよく行く店である天満の「但馬屋」という居酒屋に行ったんです。

パリ おお、羨ましい！

ナオ で、その時、ちょうど近くに用事で来ていたライターの泡☆盛子さん※と、ほんの少し乾杯したんですが、泡さん、どて焼き食べて泣いてましたよ。

パリ わはは！　わかるな〜。

ナオ 人が作った料理ってこんなだった……って。

パリ 泡さんはかなり長い期間、ものすごくきちんと自制してたみたいですもんね。

ナオ そうですね。居酒屋で飲むのは相当久々だったようで。但馬屋のどて焼きはわりとオーソドックスなものなんだけど、感動されていました。

パリ 僕が但馬屋へ行くと必ず頼む、名物の「キムチ天」は食べたんですか？

ナオ いや、どて焼き、梅くらげぐらいを頼んで、軽く飲んでサッと去った感じです。

パリ はは。慣らし運転みたいな。徐々に徐々にですね。

ナオ そう言われるとそうかも。急に思いっきり投げたら肩壊すでしょう。

パリ そうそう。前から思ってることがあるんだけど、本当の意味でコロナが落ち着いて、

※京都を拠点に活動するグルメライター。『酒の穴』のふたりもよくお酒を一緒に飲ませてもらっている。

たとえばついに大宴会ができたとするじゃないですか？　そこで僕、「嬉し死」する気がするんです。

ナオ　はは。なんて読むの。「うれしし」でいいのかな。

パリ　はい。

ナオ　もう「嬉死」と書いて「うれし」でいいですね。

パリ　嬉死。せっかくなんとかそこまでがんばったのに、そこで死んじゃうっていう。

ナオ　むしろ、本人はいいけど参加メンバーは大変ですよ。「うわ、どうする？　遺体」って。

パリ　「まぁ、とりあえずラストオーダーのあとで考えようか？」

ナオ　はは。パリッコさんは死んでるけど宴会は続行されるんですね。まあそのほうがありがたいですよね。

パリ　そのラストオーダーで、念のため多めに頼む人とか普通にいて。

ナオ　ははは。「えーと、ビールのピッチャー……4つで！」って。

パリ　そのピッチャー、ふざけて頭の周りに並べられてね。「おそなえ！」「ぎゃはは！」っつー。

ナオ　もうみんな酔ってるから。死んだパリッコさんを無理矢理椅子に座らせて「はい、チェアリングー！」「ぎゃはは！」みたいな。

パリ なんだかそれがいちばん幸せな死にかたな気がしてきました。

ナオ 確かに。最後、みんなで記念写真パシャリ。

スーパーチューハイ

パリ ちなみに僕の緊急事態宣言明けの外飲み1杯目、ナオさんとは対照的にけっこうハードでしたよ。

ナオ おお、どんなふうでしたか？

パリ そもそも10月1日、東京方面に台風が接近してて、日中はすごい暴風雨だったんですよ。だけどどうしても、家から自転車で15分くらいかかる上石神井という街に行かなきゃいけない用事があって。上下レインスーツに帽子かぶって、フル装備で出かけたんですね。で、用事がすんだのが昼すぎで。もう、全身ビショ濡れで、体もすごい冷えてきて。

ナオ そこまでの状態だったんだ。

パリ それでも、「どっかで飲まなきゃ！」と。

ナオ　いやいや、「飲まなきゃ！」じゃないですけどね。

パリ　ね。またいつもの「そこまでして飲みたいの？」ですよ。

ナオ　まぁ確かに、少しでも飲んで帰りたいという気持ちになるのはわかります。

パリ　ただ、あれこれ店をどこにするか悩んでる余裕はない。そしたら、帰り道に「ぎょうざの満洲」があって、逃げこむように入ったんです。さすがの天気なので、先客ふたりくらいのガラーンとした店内で、窓の外の暴風雨を眺めながら、餃子&ライスを頼んで、それをつまみに生ビールを黙々と。

ナオ　すごいシチュエーション。

パリ　ただ、これがもう、どうにかなるくらいうまかったんです！

ナオ　必死の形相で現れたびしょ濡れの客が、死ぬほどうまそうにビールを飲んでいたんですね。

パリ　「ふぅ……ふぅ……」って言いながらね。「出所したて？」っていう。

ナオ　お店の人も「そこまでして飲みたいの？」と思ったでしょうね。

パリ　たぶん引いてましたよ。あ、一応体は拭いて入ったけど。

ナオ　でも、気持ちはもちろんわかります。

パリ　だって、飲みたいもんやっぱりその日。もはや儀式ですよね。

ナオ　お神酒《みき》というかね。「とりあえず元気でここまで生きられました。ありがとうございます！」という意味の酒。それにしてもさ、最近お店で飲むのに慣れてないから、飲むペースがわかんなくて困りません？

パリ　そうなんですよね。ビールぐいぐいいっちゃって。

ナオ　餃子とビールのバランス困りませんでしたか？

パリ　はい。でもそこはもう、「スーパーチューハイ」を追加してカバーしました。

ナオ　ははは。スーパーチューハイってなんですか？

パリ　あ、満洲オリジナルのレモンサワーみたいなやつですね。

ドライ&ウェット

ナオ　なんかそういう名前っててきとうで笑えますよね。僕がたまにコンビニで買うサントリーのチューハイで、「スーパーチューハイ　クリスタルドライ」っていうのがあるんですけど、ずいぶん大げさだなと思って。

パリ　ははは。ゲームに出てくるレアアイテムみたいな。

ナオ　「クリスタル」なんて、かなり自信がないと言えないでしょ。もう、必殺技の名前のあとに「ドライ」をつけたらなんでも成立しそう。

パリ　はいはい。「ソニックブーム ドライ」

ナオ　ありそうだな。「ダークネスムーンブレイク ドライ」。これは今、仮面ライダーの技を検索しました。

パリ　大人っぽい味がしそうで惹かれますね。

ナオ　「ナギナタ無双スライサー ドライ」

パリ　あ、それは日本酒使ってるな。

ナオ　ははは。本当だ。これは使ってるわ。「ドライ」って便利ですね。というか我々って「ドライ」という言葉だけで美味しそうと思っちゃってません？

パリ　わかる。「ドライ」なら間違いない。

ナオ　ビールの「スーパードライ」のおかげなのかなー。

パリ　スーパードライってすごいネーミングだな！　よく考えると。

ナオ　「超乾燥」ってこと？　いや、乾燥って意味だけでもないのか。

パリ　辞書をひいてみると、「1　乾燥した。かわいた。2　物事を割り切ったさま。情にほだされないさま」だって。どっちかというと、2ですかね、酒の場合。

ナオ　辛口でキリッとしてるみたいなね。「あばよ！」ってすっきり去っていくような後味。

パリ　ストロングゼロも、ドライがいちばん情にほだされなそうですよね。トリプルピーチなんかもう、他人に甘々でしょう。

ナオ　ああ、そうか。酒だけはドライなやつのほうがいいわ。「スーパードライ」なんてたとえば、一緒に山に登って下山してきたと思ったらそこで「じゃ、帰りますわ」っていう感じのやつでしょ。

パリ　はは！　昔、松ちゃん（松本人志）のコントで、みんなでスカイダイビングやって、最初に着地した板尾創路が、先に家に帰ってる、みたいなのあった気がする。

ナオ　そうそう！「古賀」っていうコント。「ビジュアルバム」のなかのね。

パリ　「え？　地上着いたから帰ったんだけど」っていう。スーパードライはそのレベルですよね。

ナオ　ははは。まさにスーパードライ。

パリ　「ストロングゼロドライ」は、もうちょっとだけ話通じそうな気がします。

ナオ　そうですね。「1杯だけ、駅前でなら」みたいな。

パリ　はは。そして「タカラ焼酎ハイボールドライ」は、なんだかんだ3杯はつきあってくれそうだな〜。

ナオ　だから好きなんだよな。あいつが。

パリ そうそう。

ナオ というか我々は、いつも去られる側なんですね。めんどくさがられてるっていう。

パリ わはは。ドライ側になりたい。

ナオ 1回やってみたいですね、ドライな会。酒の穴で集まって、さっと対談だけして「じゃ、帰りますわ」って。

パリ ドライだな〜！　お互いスーッて東京と大阪に。

ナオ はは。拷問ですね。「家に着くまで飲んじゃだめ」っていう。

パリ 金でももらわなきゃやってらんない。

ナオ ドライ、つらいわ。我々、ドライな酒を好むウェット野郎ですよ。スーパーウェットです。

パリ いや、でもウェットだからこそ、こうして酒場で飲めるのをしみじみ喜べたりするわけですよね？　って、急にきれいにまとめてみたり。

ナオ でも本当にそう。どて焼き食べただけで目がウェットになる泡さんのように。

パリ 素敵ですよ。

ナオ それこそ素敵。

パリ っていうかおれなんか、全身びしょ濡れで餃子&ビールでしたからね。

ナオ ははは。ウェットの化身。濡れてるのにそこからさらに水分を取りこもうっていうんですからね。

パリ 芯からウェットなんすよね。ドライはまぁ、あこがれにとどめておきましょう。

酒一滴ごとに考える

せきしろ

会社員時代なんか月に一度くらいあった。ふだんあまり興味ないのに、なぜかこってりラーメンに無料の小ライスもつけてて、我に返って「なにこれ？」。

もしもメニューに「ラーメン」と「ラーメンライス」があったら、私はラーメンライスをオーダーする。ラーメンだけだと物足りない可能性があると考えライスも付けるのだ。

しかしそれは10代20代で培われた感覚で、まだ30代くらいまではそんな調子でも良かったが、40を過ぎたあたりからラーメンだけでもお腹は満たされるようになって、もしかしたらライスはいらないかなと思い始めた。それにもかかわらず今でも相変わらずライスを付けてしまう。

また、ランチをやっている蕎麦屋、あるいは駅ビルの上にある蕎麦屋なんかに行くと、必ずと言って良いほど蕎麦セット的なものがある。蕎麦に天丼やカツ丼がついているものだ。私は迷わずそのセットを頼んでしまう。丼の分はもう要らないはずなのにだ。

あるいは食事をコンビニで済ましてしまおうと思いカップラーメンを買う時も必ずおに

ぎりも買ってしまう。時には弁当を買ってしまうこともある。大盛り無料と書いてあったら「大盛りで」と言うし、「ライス無料」と書いてあったら食べないという選択肢はなくなる。

いつまでも若い気でいる時期すらとうの昔に過ぎたというのに、まだ昔のように食べられる気だけは残っている。反射でライス、条件反射でもライスなのだ。

これも咄嗟系、あるいは咄嗟力になるのだろうか？

それとも惰性系なのか、ただ単に成長してない系か？

私はオーダーするものを決めずに店員を呼ぶことがある。メニューを見ながら迷っていると「あの人、迷ってるな」と思われてしまうのが嫌で「いやいや、私の決断力は並大抵じゃないですよ」と見せつけたい気持ちもあり、また「忙しいんだから早くしろよ」と店員をイラつかせているかもしれないと考えてしまうからでもある。そのため、何も決めずに呼ぶ。

例えばテーブルに呼び出しボタンがあればそれを押し、店員の「はーい」等の返答があって、そこから店員が私のところまで来る間、それは数秒の時もあれば数十秒の時も時には一回では来ない場合もあるが、その間に何にするか決める。いつ来るかわからないために緊張感があるが、そのプレッシャーに押しつぶされることなく、特に『ねぎし』や『ロイヤルホスト』だと何も考えずに選択するとそこそこの値段になる危険性もあるので、瞬時に値段を見つつ冷静に決めなければいけない。店員が来てから少しでも迷ってしまうと「おいおい、ちゃんと決めてから呼べよ」とこれまたイラつかせる可能性があるから絶対に避けなければいけない。

何事もなくスムーズにオーダーできた時、私はかなりの達成感を得ることができる。逆にうまくオーダーできなくて意図していない料理を食べることになってしまったとしても「そうなる場合もある」と予め腹を括っておけば問題はない。あとは自分が我慢すれば、誰も私がオーダーに失敗したとは気づかない。

これも咄嗟力か？

いや、血迷いか？

ちなみに私が最も咄嗟力が発揮されると思っているのは、居酒屋に入ってまだ席に座ってもいないのに店員が飲み物を聞いてくる時だ。

……なんだこの本は！

気づけばそんなことばかり考えてしまうではないか！

この本が持っている力に恐れおののく。

パリッコ氏、あるいはスズキナオ氏が話題を振る。その話題について話を始め、みるみるうちに膨らみ、進んでいく。そこに摩擦力はなく、滑らかに展開していく。それは大喜利的であるとか、漫才のようだ、などと形容したくなるが、それは間違っている。なぜなら両氏の会話にはリアルがあるからだ。このリアルが説得力のある会話を生み出す。そのため読み手は「自分はどうなのか？」と考えてしまう。

そんな調子だからなかなか読み進まない。こんなに読み進まない本はドストエフスキーの『地下室の手記』以来だ。まあ、ドストエフスキーの方は文字がたくさん書いてあったので読み進まなかっただけなのだが。

無難なところから相手の好みを探っていくというか。

そうやって話していていてだんだん気づきだすんですけど、「その街だと○○って店が有名ですけど、あそこ、まずくないっすか？　高いし！」というようなことを言われて、「うっ……」と。

ここで私はまた考えはじめる。

先程のオーダーの話に戻るが、前述したオーダー方法は自分ひとりの場合であり、複数の時はまた別で、その際は基本的に相手に任せるスタイルにする。

特に仕事関係の親しくなる前の人や卒業以来会っていない同級生などはそうする。言い方を変えれば相手の出方を窺うというわけだ。

まず「どこいきましょうか？」という話になった時、相手がチェーン店の名前を出してきたら、ああそういうタイプかと思う。いきなりワインメインの店を出されると、なるほどそういうタイプかと思う。決してそれが嫌というわけではなく、相手の提案を受け入れその店に合うような自分に心身ともに変える準備をするだけだ。さすがに明らかにぼったくりっぽい店名の居酒屋は「別の店にしましょう」と促すが。

もちろんメニュー選びも任せる。相手が少しずつ構築していくタイプなのか、最初からメインに行くタイプなのか、そもそも食べ物は重視しないタイプなのか。情報を得て、その流れに合う自分を作るのだ。

いったいこんな自分はパリッコ氏やスズキナオ氏に近いのか、本を読みながら擦り合わせていく。自分はどういう飲み方で、酒や店とどういう関係性でいたいのか、自分と向きわせてくれ再確認させてくれる。そんなこと考えたことなかったので、良いきっかけをくれて感謝だ。
　さらになんといっても勇気が必要だなと感じる。愛とか夢とか勇気とか、どうでも良い曲の歌詞に出てきそうな、あるいは居酒屋にあるカレンダーに書かれていそうな言葉は敬遠して生きてきたが、今はとにかく勇気が欲しい。知らない店に入れるような、知らないメニューを頼めるような、どんな店でも楽しめるような、そんなパリッコ氏やスズキナオ氏が持つ勇気。どれかひとつでも、その欠片でも自分にあれば、別の人生だったとすら思う。

読後残るのは羨望であった。

せきしろ
北海道出身。作家、俳人。ＡＳＨ＆Ｄコーポレーション所属。著書に『放哉の本を読まずに孤独』『バスは北を進む』『蕎麦湯が来ない』（又吉直樹との共著）など。

夢に
ときめき
たくない

著者紹介

スズキナオ

東京生まれ大阪在住のフリーライター。WEBサイト「デイリーポータルZ」などを中心に執筆中。著書に『遅く起きた日曜日にいつもの自分じゃないほうを選ぶ』など。大阪・西九条のミニコミ書店「シカク」の広報担当も務める。趣味は酒と徘徊。

パリッコ

1978年東京生まれ。酒場ライター、漫画家、イラストレーター、DJ、トラックメイカー、他。著書に『酒場っ子』『つつまし酒』『天国酒場』など。また、スズキナオ氏や漫画家の清野とおる氏らとの共著も多数。好きな酒はプレーンチューハイ。趣味は酒と徘徊。

酒の穴 エクストラプレーン

二〇二三年十月一日　初版発行

著者　スズキナオ、パリッコ
挿絵　後藤徹也
写真撮影　サトーカンナ（P94,P106）
泡☆盛子（P120）
装丁・デザイン　竹重みゆき、尾々田賢治
進行　逢根あまみ
発行所　シカク出版
大阪市此花区梅香一丁目六番十三号
http://uguilab.com/shikaku/
印刷・製本　株式会社シナノ

ISBN978-4-909004-80-2 C0095